ネメシス
II

藤石波矢

講談社
タイガ

デザイン

坂野公一（welle design）

目次

ネメシス Ⅱ

第一話　HIPHOPは涙の後に

古い二階建てのアパートだった。築年数は自分の年齢に近い、つまり四十年ほど経《た》っていてもおかしくないな、と風真《かざま》は思った。

アンナと共に郵便受けに近づく。

二階の突き当たりの部屋。『西園寺《さいおんじ》』とペンで書かれた表札が貼《は》られている。

「間違いない。西園寺の家だ」

風真は言い、アンナも頷《うなず》いた。

西園寺の部屋に神谷《かみや》樹《いつき》が入っていくのを目撃してから一、二分経つ。

アンナは「どうしますか？」という顔を向けてくるが、外で様子を窺《うかが》う気はなさそうだった。風真も同感だ。危険はある。が、中に樹と西園寺がいたとしても、今度はこっちが不意打ちをかけるのだ。勝算はある。追いかけっこは終わりだ。

「……行こう」

風真は階段を上り始めた。アンナも続く。カツン、カツンと薄い鉄板が足音を鳴らす。

部屋の前に立つ。そっとノブに手をかけた。静かに回してみると、鍵《かぎ》が掛かっていない。アンナが目を細めて風真を見る。風真は頷き返した。

「行くぞ」

勢いよくドアを引いた。

外観から想像できる通りの殺風景なワンルームだった。玄関の低い上《あ》がり框《がまち》を越えるとキッチン、そして畳のワンルームだ。

走り込もうとした威勢が瞬時に削《そ》がれた。

畳の上に樹が呆然《ぼうぜん》と突っ立っている。

「樹くん？」

樹が振り返る。前を開けたアウターに赤い染《し》みが付いている。一瞬遅れて、樹の足元に横たわる西園寺に気づく。胸からおびただしい血を流し、ぴくりとも動かない。

「きゅ、救急車！」

アンナが叫ぶ。

風真は慌ててスマホを取り出した。

「もう遅いよ。死んでるから」

虚《うつ》ろに樹が言う。

「ど、どうして……！　だれが？」

だれが、と訊《たず》ねながらも、犯人は一人しかいないことはわかっていた。

樹の手にはナイフが握られている。どろりと赤い液体がついていた。もう片方の手には
スマホが握られている。

「見りゃわかんだろ……俺が殺したんだ」

虚空を見つめて樹が答えた。

隣のアンナが一歩踏み出して樹に問う。

「そのナイフで？」

「ああ」

目の前の光景に、風真は眩暈《めまい》を覚えてふらついた。

いったい何が起きたのかわからない。

ただ一つ確かなことは、ネメシスが受けた依頼は失敗したという事実だった。


前日。

探偵事務所ネメシスは設立以来の盛況ぶりだった。依頼人が次々とやってきては、「どうかよろしくお願いします」、「名探偵の風真さんだけが頼りです」などと頭を下げていく。

その日も十五分遅刻した風真が出勤した時から、客が並んでいた。溜《た》まる一方の依頼票が積み上がっていく。

「いや～、大繁盛っすね！『磯子《いそご》のドンファン事件』以来ひっきりなし」

「浮かれすぎだ。鼻の穴が膨《ふく》らんでるぞ」

ネメシスの社長、栗田《くりた》に指摘され、風真はむふっと鼻息を噴射する。

「でも社長。ついにきたんですよ、我がネメシスにも春が。桜が満開です」

大量の依頼票の山を叩《たた》くと、札束《さつたば》に変化しそうな気がしてくる。

「風真の脳内はいつも花畑だろ」

花を散らすような言葉を栗田がかけてくる。「素敵！　ピクニック行きたくなっちゃいますね」

アンナが手足を背中でくっつける、変なポーズをしながら言う。一見少年のようないでたちの、十八歳のアシスタントだ。

「アンナ、違うぞ。今のは褒め言葉じゃない」

「え、どうしてですか。日本語難し」

「それより社長、なんで依頼人全員『検討します』とか言って帰しちゃうんですか？　動かない役人みたいに」

栗田は室内でも被ったままのハットに手をやり、依頼票を一瞥《いちべつ》する。

「ピンとこねぇんだ」

「ピンてなんですか。ピンて。みんな困ってるんですから解決してやりましょうよ」

「よく言えるな。前回の事件もおまえが解決したわけじゃないだろ」

「俺も活躍しましたよ！」

「危うく無実の人間を犯人にしかけただろ」

ぐうの音も出ないので口を尖《とが》らす。

「はいはい、アンナ様様ですよ。感謝感激雨あらし」

「雨あられだろ」

「そうでしたっけ」

大富豪が自宅で殺され、その愛人たちが容疑者となった磯子のドンファン殺人事件。世間では風真が解決したとされているが、本当に解決したのは、助手として現場についてきたアンナだ。

当のアンナは事務所の隅《すみ》でヨガにいそしんでいる。依頼人が来ている時にも続けており、怪訝《けげん》そうに見られていた。「助手のルーティンが崩れると僕の推理力に影響が出るんです」と風真は苦《くる》し紛《まぎ》れの説明をし、依頼人たちは「そういうものなんですね」と、初めて物理の法則を示された学生のような顔で受け入れていた。

アンナは風真の視線を受けて、目をぱちくりさせる。

「いやいや、お給料も寝る場所ももらってるし、働かなきゃ……モチ？　が当たります」

「モチ？」

風真は訊《き》き返す。栗田が後ろから言う。

「モチじゃなくてバチだな、バチが当たる」

言い間違いに気づいたアンナは「やっぱり日本語難しい」とぼやいて険《けわ》しい顔をする。

「あっ、モチは棚から落ちてくる方か」

「どういう覚え方だよ」

風真は呆《あき》れて言う。

頭脳明晰《めいせき》で科学や歴史の知識も深いアンナだが、去年まで世界各国を回った帰国子女であるため、日本語には不慣れな部分がある。とはいえ、一度覚えた言葉は忘れないのだが。

アンナのヨガが最後のポーズに入った。腕を伸ばした仰向けの状態から、頭より先の床につま先をつける。アンナの体は数字の4を倒したような形になった。

「アクロバティックだな」

「鋤《すき》のポーズ。リラックスできるんです」

体の柔らかな助手が答える。

「というか、事務所で堂々とヨガか」

「風真さんも堂々と遅刻するでしょ。三日連続ですよ？　道で草食ってるんですか」

「道と草の間に、で、をつけるな。意味が変わってくるから。野ウサギみたいになるから」

「なってないです。ウサギは可愛《かわい》い」

「俺が可愛くないみたいになってる」

「え、可愛いって言われたいの⁉」

「いや違うけど！　とにかく俺は道草なんか食ってない。寝坊してるんだ！」

声高に言い返したと同時に後頭部を栗田に書類で引《ひ》っ叩《ぱた》かれた。

「堂々と寝坊するな、バカタレ」

「いてっ。もう、バカタレって言う方がバカタレなんですよ！」

「なんだとぉ？」

人間の諍《いさか》いに呆れたように、床に寝そべる栗田の飼い犬、秋田犬のマーロウが鼻を鳴らす。

いつも通りの騒々しい朝だった。

マーロウがピクッとドアに顔を向ける。

「コニチワー、DR.ハオツーですぅ」

岡持《おかも》ちを担いだリンリンがドアを開けてきた。我が物顔でネメシスに顔を出す、近所の無国籍料理店の店員だ。

「だから勝手に開けるな」

無駄とわかりつつ栗田がクレームをぶつける。

「どーぞどーぞリンリン！　待ってました～！」

アンナは散歩から帰ってきた飼い猫を招き入れるがごとく、の笑顔だ。リンリンの店はイチジクバーガーとかタピオカラーメンとか、何かの間違いじゃないかというメニューがウリなのだが、アンナはそれらが大の好物なのだ。引くほど独特な味覚だ。

リンリンは体半分入室してから、背後を指さした。

「この子も待ってたみたいケド」

「この子?」

アンナが外を覗《のぞ》く。「どの子?」と風真も立ち上がって首を伸ばした。

外に立っているのは制服姿の少女だった。

驚いて背後を見るが、大人の姿はない。

「どうしたの?」

アンナが訊ねると少女は緊張した面持ちながら、はきはきと言う。

「あ、あの、お兄ちゃんを、探してほしいんです」

神谷節子《せつこ》。古風な名前だが、十四歳の中学生。ネメシス史上最年少の依頼人だった。

応接スペースのソファに腰かけた節子は、出したお茶を一口飲み、「お茶、おいしいです。ありがとうございます」と、礼儀正しく頭を下げた。それからオーディションに臨む子役のように背筋をぴんとして、じっとしている。向かい合う、シャーロックホームズのような服装の風真を上から下まで眺める。

向かい合って座った風真は慎重に話を聞く。

「お兄ちゃんが行方不明ってことだね?」

「一週間前に突然いなくなっちゃって、連絡も取れないんです。すごく心配で……」

ほとんど無意識に風真はアンナを一瞥した。奥の席でマーロウを撫でながら神妙な面持ちでいる。身内の行方不明、に思うところがあるのかもしれない。そう、探偵事務所ネメシスは行方不明のアンナの父、始《はじめ》を見つけるために設立されたのだ。栗田が多くの依頼を選別する理由も実のところここにある。が、今は節子の話に集中する。

「樹君か……。歳《とし》はいくつ？」

「十七です。私の三つ上で」

「家はどこ？　親御さんは？」

その質問に節子は目を伏せてしまった。

「親はいません。家は、あかぼしという、児童養護施設で……施設の子どもの依頼は受けられませんか？」

不安げに節子が言ってくる。

「いやいや、そんなことはないよ」

慌てて答える。だが、「依頼料」の一言が頭をちらつく。まさか見抜かれたわけじゃないだろうが、

「あの、でも、お金は必ずなんとかしますので！」

と節子が訴えてきたので、自分が恥ずかしくなる。

「お金は気にしないで」

アンナの力強い声が響く。

「その依頼、探偵事務所ネメシスが」

「待て、アンナ」

アンナを制したのは栗田だった。

「社長！　いいじゃないですか、ケチケチしないで」

「バカタレ！　俺に言わせろ俺に」

その言葉にアンナも風真もハッとした。栗田は決め顔を節子に向ける。

「節子ちゃん、その依頼は」

「名探偵風真が引き受けましょう」

栗田の言葉をすっぱりと切って風真は言った。なぜなら自分が言いたかったから。

「本当ですか？」

節子が目を見開く。

「いいところを横取りするな」

栗田の怒声は「あ、ありがとうございます」と頭を下げる節子の声に掻《か》き消《き》える。

「よっしゃ。じゃあまずはその、あかぼしに行こう。アンナ！」

「了解！」

意気込む二人に、勝手に仕切るな、従うな、と栗田がやかましくつっこみ、そんな栗田をなだめるようにマーロウがクンクンと鼻を鳴らす。


あかぼしは市街地から離れた場所だった。

風真の運転するシボレーのサバーバンの助手席で、栗田はカーステから流れるヒップホップにノリノリだった。両手を振りまくり、ところどころ口ずさんでいる。絶妙に下手なのだが、本人は気持ちよさそうだ。

「腰また痛めますよ」

「あぁ？　余計なお世話だ」

腰痛持ちが何を言うか。

バックミラーを見ると、後部座席の節子は未知の生き物を見るような顔になっている。

そりゃそうだろう。

「社長、音量下げてください」

風真が注意すると、

「ああ？　このビートに乗らずにいられるかってんだ」

「もっとおしとやかに乗ってください」

後部座席でアンナも口を開く。

「ごめんね、うちの社長はいつもこんな調子なの」

依頼人の前でヨガする奴《やつ》が人のこと言えるのかは怪しいが、積極的に話しかけているのはいい。

「大丈夫ですよ。兄もヒップホップ好きなので」

「お、いい趣味してるな。将来有望だ」

栗田が嬉々《きき》として言う。

「兄の影響で私もけっこう聞きます。知り合いにラッパーの人もいるんです」

言ってから節子が視線を落とした。

「兄はラッパーを目指してたんです。たまにライブハウスに連れてってくれたこともあったりして」

「へぇ。じゃあ、あとでそこにも行ってみようか」

手がかりが得られるかもしれない。

「はい、お願いします」

「あ、これ食べる?」

アンナが常備しているランチボックスを開く。節子に差し出したのは緑色のホットドッグだった。

「これ、何ですか?」

風真より早く節子が質問してくれた。

「瓜《うり》ドッグ。キュウリとメロンとヘチマとか、ウリ科のものが入ってるの。めちゃヘルシーで最高だよ」

アンナが目を輝かせて解説する。リンリンの店の品か、独自の別ルートで仕入れたものか不明だが、とにかく見事に食欲がわかないホットドッグだ。

「……どうも」

節子は訝《いぶか》しげに瓜ドッグを食べ、我慢した様子で飲み込む。

「どう? 無理しないでよ」

風真は心配になって言う。節子は難しそうに口をもごもごさせ、「はい、まぁ……」と口ごもる。

「節子ちゃん、まずいならまずいって言っていいよ」

アンナがしれっと言う。

「いや、食わせたやつが言うの⁉」

風真の声を無視してアンナは節子に続ける。

「もしまずいと思ったらこう言うんだよ」

「え？」

「食えたもんじゃないだろバカタレ！」

節子はきょとんとしていた。

助手席の栗田が後部席をふり返り口を開く。

「バカタレ。俺の真似《まね》をするな！」

と、栗田より先に風真は言う。

「俺の真似をするなって俺の真似して言うな！　この……」

「バカタレ！」

栗田と風真とアンナの声がハモる。

風真とアンナが笑うと、節子もプッと吹き出す。

「ああ面白くない。面白くないな～」

栗田がそう言ってカーステのボリュームを無言で操作し、車内に重低音が響く。

「ちょ、やめてください」

「やめん！　俺の気分を上げるんだ」

「上がってんのは音量ですって」

「音量と比例するんだ」

「どういうシステムなんですか」

風真は片手で栗田とボリューム争いをしながらハンドルを切った。

児童養護施設「あかぼし」は綺麗《きれい》な設備の大舎制の施設だった。到着すると、小さな子どもたちが庭で元気よく遊んでいる。

風真たちは節子の案内で中に入り、七十前後と思《おぼ》しき園長と対面した。

「園長の要《かなめ》宏三郎《こうざぶろう》です。よろしく」

あらかじめ連絡は入れていたが、要は探偵を引きつれてきた節子に感心するやら、呆れるやらといった様子だった。

「これが樹です」

そう言って写真を渡してくる。神谷樹は色白で凛々《りり》しい顔立ちの少年だった。

「樹くんが行方不明なのは間違いないんですね?」

「えぇ。警察には届けたんですが」

要が無意識の様子で壁に目をやる。

壁には園の子どもたちを写した写真がたくさん貼られていた。中に樹が小さな子を肩車している写真がある。屈託のない、いい笑顔だ。

「根はやさしい子で、下の子たちの面倒見も良かったんです。バイトも頑張っていました
し」

「バイトは認めてるんですか?」

栗田が質問すると要が首肯した。

「はい、高校生からは。樹は節子の大学進学費用を稼ぐんだって頑張ってました」

風真の隣で節子が俯《うつむ》く。

「それは大変そうですね」

「ええ。日本の奨学金制度はほとんどが借金みたいなものですし」

「ところで根はやさしい、とおっしゃいましたが」

栗田が冷静に訊ねる。確かに、「じゃあ茎や葉っぱは?」と訊きたくなる含みのある言い回しだった。

要がわずかに目線を落とす。

「去年の暮れ頃、トラブルがあってバイトをやめたんです。それからは、遊び歩くようになって」

「トラブルというと？」

さらに栗田が訊き返す。

「バイト中に万引きの容疑をかけられたんです。あとでアリバイがはっきりして、冤罪《えんざい》だと判明したんですが。どうも、いづらくなってしまったようで」

「そうですか」

一度疑いをかけられた職場で働き続けるというのは難しいだろう。

「何度も注意したんですが、働いてるんだとかなんとか言って。そのくせ貯金をしてる様子もないし」

話す要に向かって、だしぬけに節子が頭を下げた。

「すみません。本当に、迷惑ばかりかけて……」

要は慌てた様子で「いやいや、いいんだよ」と手を振る。

「節子が謝ることじゃないだろ？」

「でも」

「これ、節子ちゃんが描いたの？」

その時、アンナの声が離れたところから聞こえた。振り返るとアンナは壁に並んだ写真をまだ見ている。

節子と一緒に風真と栗田も歩み寄る。アンナの目の前に幼《おさな》い節子と樹が、ブリキの箱を持って笑っている写真がある。

その横に河川敷《かせんじき》の風景画と、節子の名前が記された絵画展の賞状が貼ってあった。

「うわ。いい絵だな」

風真は素直に感想を漏らした。

「ありがとうございます。絵を描くのが趣味で」

節子が恥ずかしそうに答える。

「すごい上手。これ樹くんだよね？」

絵の中では鉄橋の下に、樹が立っている。何かを叫んでいるようにも見える。

「はい。兄はよく河川敷でラップの練習をしていて。描いてみたら小さな賞を貰《もら》えたんです」

ハッとした。節子の声が一瞬誇らしげになったような気がしたのだ。

でもすぐに節子は顔を伏せていた。

「また絵のモデルになってくれるって、約束したのに……」

このまま兄が見つからなかったら、という不安が見て取れる。

「大丈夫」アンナが声をかけた。「きっとお兄さんは元気でいるよ」

「そうそう。俺たちが必ず見つけるから」

風真も拳《こぶし》を作る。

節子が顔を上げた。暗い表情を一息で切り替えたのが見えた。

「気を使わせちゃってすいません。手伝えることはなんでもするので、よろしくお願いします」

大人びた物言いだった。

「ねぇねぇ！」

風真たちの輪に幼い子どもたちが走り寄ってきた。

「せっちゃん、あそぼ！」

お目当ては節子らしい。手を引いて庭へ出ていこうとする。

「少しだけだよ～？」

節子は再びスイッチを替えるように笑顔になって、子どもたちと走っていく。その姿を見送りながら風真は言った。

「できた子ですね」

要が小さくため息をつく。

「居所不明児童って、ご存知ですか？」

居所不明児童？

風真の代わりに栗田が答える。

「家や居場所の分からない子ですね」

「えぇ。樹と節子もそうでした。親の育児放棄でね。保護された時には食べ物を与えられない時期が続いていたんです」

「えっ……そんな」

虐待という言葉でも足りない。

絶句する風真に、「現実ですよ」と要はため息をつく。幼児健診も受けられない子や、幼い頃からホームレスとなる子も日本にいるのだと要は語った。

「食べ物なしでどうやって生活を？」

アンナが険しい声で訊ねる。

「樹がコンビニのゴミを漁《あさ》ったり、盗んだりもしたそうです。そうやって集めたお菓子や日用品を二人で箱に隠していた。その箱を、宝箱と呼んでね」

「宝箱?」

アンナがつぶやいて、もう一度壁の写真を振り返った。

「妹と二人で生きるための行為だった。なのに、万引き少年という噂《うわさ》が立ってしまって」

「え? もしかしてバイトのトラブルというのは」

風真が思いついて言うと、要は渋《しぶ》い顔で頷いた。

「そうです。樹の過去が知られて、疑われたんです。親に捨てられた子どもへの仕打ちを、樹は体験してしまった。子どもっていうのは、小さい頃に親の優しさに接していないと、大人に甘えるのが苦手になるんですよ」

「甘えるのが苦手に」

アンナが訊き返すというより、独《ひと》り言《ごと》のように繰り返す。

「樹は大人への反抗心が強い。一方で節子は大人に嫌われないように無理をしてしまう。二人ともふつうの子どもなのに」

やるせなさが滲《にじ》む口調だった。

アンナが窓際に移動して、子どもたちと遊ぶ節子を眺《なが》める。

風真は近づいて横顔を見やった。必要以上に大人びた少女はここにもいた。

庭先の笑い声が風に舞う。

「親と一緒にいられない子どもたちって、たくさんいるんですね、風真さん」

「そうだな」

事情は千差万別だろう。一概に不幸というわけではないかもしれない。それでも、決して楽ではない道を歩く子どもたちがいる。目の前で笑う彼らがそうなのだ。

要と話し終えた栗田が歩み寄ってくる。

「風真とアンナは節子ちゃんとライブハウスに行ってみてくれ。樹くんと親しい人たちもいるだろうからな」

「了解です。社長は？」

「俺はもう少しここで聞き込みをしてみる」

「わかりました。アンナ」

「はい。ライブハウスかぁ」

「変な男に声をかけられるなよ」

栗田が保護者然として言う。

「それは、私じゃなくて変な男に言ってください」

「そうだな。風真、変な男がいたらアンナに声をかけるな、と声をかけろ」

「うん、俺が変な男になっちゃいますね」

「おまえはすでに変な男だろうが」

「心外です。とても心外です」

強く言い返す。


クラブやライブハウスが並ぶ地区だった。日は暮れて、人工的なライトが光の主役になる。

煌々《こうこう》と照る看板の前で節子が足を止める。

「ここです。兄はよく遊びに来てたみたいです」

ライブハウス『キャンドル』。店名を確認してから、風真とアンナはドアをくぐった。

地下に階段が続いている。低音のビートが漏れていた。

ステージではラッパーのバトルが行われている。壇上で歌っているのは、地元の人気ラッパー葉山周《はやましゅう》というらしい。

「うわ、すご」

ラップの熱気に風真は思わず声を漏らしていた。

ステージの下で動き回る人間が数人いるが、いずれもスタッフや関係者に見える。栗田の心配する「アンナが変な男に声をかけられる」事態にはならなそうだ。

「真ん中で見ているのがキャンドルのオーナーの阿久津《あくつ》さん、機材を運んでいるのは木嶋《きじま》さんです」

節子が紹介してくれた。

「あれ？　せっちゃん」

阿久津が声をかけてくる。

数分後、阿久津、木嶋がライブを終えた葉山と仲間たちをステージの裏手に集めてくれたので、話を聞くことにする。

「まだ樹くん見つからないんだ」

ライブの運営で汗だくの木嶋が唸《うな》るように言う。

「もう一週間ぐらい経つじゃん。どうしたんだろ」

続いて言ったのは葉山だ。ラッパーあるあるなのか、素でしゃべっている時も滑舌《かつぜつ》のよさが際立つ。

木嶋も葉山もややこわもてな見た目だったが、本気で心配してくれている様子だ。人はみかけじゃないな、と風真は思う。

「でもせっちゃんが探偵さんに依頼したのは正解だよ。人探しのプロだからね」

節子を勇気づけるように言うのは阿久津だ。甘いマスクで穏《おだ》やかな雰囲気のオーナーだった。

風真は一同に訊ねる。

「皆さん、樹くんのことよく知ってるんですか？」

「まぁ、ちょくちょく来てたから。家近くなんだもんね？」

葉山が言った。

「はい」

節子が答える。もしかしたらあかぼしだとは話していないのかもしれないと察する。

「ラッパーになって売れたいって言ってたし」

別の若いラッパーも言う。

「ライブとかも一緒に？」

「や、それはまだないっす」

木嶋が首を振った。

「売り込み結構多くて、今やってたみたいなオーディションで実力見せないと、簡単にステージには立たせられないんで」

「ま、サイファーとかはよくやってたけどね」

葉山が言い、アンナが「サイファー？」と訊き返す。

「遊びでラップし合うみたいなやつっすね」

和馬《かずま》、と葉山が仲間の一人に目配せをする。和馬と呼ばれた一人がヒューマンビートボックスを刻み始め、葉山がビートに乗せてラップを始める。

「yeah サイファーなら説明より実践　一度限りのショーは超新鮮　三度のライスよりも俺らは見えないマイクを愛撫《あいぶ》　ネメシスの皆に届けるバイブス　パパッと出すライムが武器　おまえも見せろユウキ」

葉山に指さされた若いラッパーがラップを始める。

「俺はユウキ　まるで常に上に上に昇る煙みたく天井知らずのＭＣ――」

目の前で代わる代わるラッパーたちがラップしていく。

「これ見たことある」

アドリブ力が試されるマイクリレーだ。風真の隣に立っていたラッパーが繋《つな》ぐ。

続いたのは意外にも木嶋だ。

「ハマっ子のライム　俺たちのスタイル　ハマること確実　探偵の白日　胸に秘めるのはゆるぎなき正義　夢に込める想い繋ぐステージ　探偵さんも乗りなよ　ヘイマイクパス風

真さん！」

「……え？」

俺⁉　風真は完全にフリーズした。和馬のヒューマンビートボックスは止まらず視線が集まる。頭は真っ白だ。

刹那《せつな》、マイクを引き取ったのは、アンナだった。

「探偵のアシスタントも感動　即興で速攻の反応でFIGHT　単独よりもGroupが生むリレー　Grooveが育《はぐく》む私の未来！」

皆が目を瞠《みは》るのをよそにアンナは笑みを浮かべてラップを続ける。

「追いかけるのは謎《なぞ》　名探偵は風真尚希《なおき》　大の苦手な朝の早起き　社長はスナックとラップが好き　口癖《くちぐせ》の『バカタレ』が今日も放たれ　こんな二人に囲まれる日々　見えるかもしれない助手でいる意味　浜の伊勢佐木《いせざき》に構える事務所　ネメシスが私の居場所！」

アンナのラップが終わると葉山たちが「うぇ～い！」と歓声を上げてハイタッチした。

風真は、朝が苦手なことをばらされてムッとしているうちに、最後の言葉にドキッとしてしまった。

――ネメシスが私の居場所。

自分に何ができるのだろうか。ラッパーたちに褒められ、照れているアシスタントを見ながらふと思う。

そうだ、と同時に思い至る。血のつながった家族がいなくとも、樹や節子の家はあかぼしのはずなのだ。そんな家に樹は帰ってこない。なぜなのだろう。

興奮冷めやらぬアンナに近づき、とりあえずは「すごいな」と率直な感想を伝える。

「アンナさんすごい！　なんでできるの？」

節子も素の表情で手を叩いている。

「ほんとになんで？」

風真はアンナに訊ねた。

「え～？　今見たから？」

「……ハハハ、これがネメシスの力だ。せっちゃんすごいだろ～」

アンナの才能についてはよく知っているので驚かないことにする。

「というか木嶋さんもラッパー？」

「もと、ですけど。無茶ぶりしてすんません」

「いえいえ」

「まあ、こういうのに樹くんもよく混じってたんすよ」

オーナーの阿久津がまとめるように言い、ね？　と葉山に振る。

「はい。ずっとこんな感じだったんすけど」

葉山の顔と声に陰が落ちる。

「ん？」

傍《そば》にいる節子を一瞬気にして葉山が言う。「西園寺っていうスジ悪い奴がいて、樹、少し前からそいつと仲良くなったみたいで、心配してたんすよ」

「西園寺？」

「あいつヤバいっすよ、振り込め詐欺《さぎ》やってるって噂聞いたし。半グレに足つっこんでるかも」

ユウキが顔をしかめて言う。

「え……」

節子が表情をこわばらせた。

「あいつ、ダチに儲《もう》け話に乗らないかって勧誘してたんですよ。樹も声かけられたはずっす」

風真はなるだけ重くならない口調で一同に呼びかける。

「写真持ってる人、いないですかね？」

「あー、俺あるかも」

ユウキがスマホを調べ、大人数が写った写真を見せる。場所はここキャンドルで、ライブ後に撮った一枚のようだった。派手な髪色の男をユウキが指さす。

「こいつが西園寺っす」

「隣にいるの、樹くんだ」

西園寺に肩を組まれた樹は、カメラから目線を外していた。

「お兄ちゃん、その人と一緒にいるんでしょうか」

節子の声が暗いものになる。

「そうと決まったわけじゃないよ、せっちゃん」

励《はげ》ます声で阿久津が言う。

「樹くんはやさしい子だ。せっちゃんを悲しませるようなことをするとは思えないよ。つらいことがあっても兄妹《きょうだい》力を合わせれば乗り越えられるって、樹くんはわかってるんだからさ」

「阿久津さん……ありがとうございます」

「そうだよ。俺らも探すの手伝うから」

木嶋も好意的に言った。

「俺たちも。できることはします」

葉山も力強く言う。

「またあいつとサイファーしたいんで」

「そうだよ。教える約束してるし」

と、ユウキや和馬も口々に応じる。

樹という少年を心から心配している人たちが、ここにもいるのだ。


キャンドルを後にした風真とアンナ、節子は車に乗り込む。

「次はどこ行きます？　風真さん」

アンナがシートベルトをしながら言う。

「あかぼしに戻って社長を拾うさ」

樹の元バイト先を当たるという手もあったが、やめた経緯を考えると空振りに終わる気がする。樹が行方不明だと伝えたらかえって悪い噂を作ってしまう原因になりかねない。

「じゃあその前に川に行きません？」

「川？」

「節子ちゃんの絵に描いてあった河川敷です。樹くんが来てるかもしれないじゃないですか」

「あぁ、一理あるな。念のため行ってみるか。節子ちゃん、案内してもらっていいかい？」

「わかりました」

風真はエンジンをかけた。

＊

車を走らせて十数分。到着したのは何の変哲もない、相模川《さがみがわ》の河川敷だった。

アンナは真っ先に車を降りた。

節子の絵に描かれていた鉄橋が、夜に染まる空を横切っている。

車を土手に停《と》めて、三人で川岸に下りていく。絶えることなく流れる水の音に沿って、鉄橋の下まで歩く。たもとで立ち止まると、ひんやりした風に頬《ほお》を撫《な》でられた。

「二人の思い出の場所だね」

アンナは節子に言った。

「はい。ここで、よくラップを練習してました」

絵で樹が立っていた場所に節子が立つ。地面は石だらけで、空き缶などのゴミが散らばっている。お世辞にも気持ちのいい場所ではない。

「どうしてこんな所で?」

風真が訊ねる。

「小さい頃、いつもここで遊んでたんです。学校行ってなかったから、大人の目から隠れるようにして」

隠れなきゃいけない理由って何? 自分たちは悪いことをしているの?

二人はそんなふうに、自分に問いかけていたんだろうか。アンナは胸が苦しくなった。

「あとたぶん、恥ずかしかったんだと思います。ラップって、自分の思いとか悩みをさらけ出したりもするじゃないですか。だから電車が通った時に、叫ぶように歌ってました」

「心の叫び、か」

アンナは節子の横に屈《かが》んだ。何気なく視線を地面の石の隙間《すきま》に落とす。錆《さ》びた四角い缶が覗いていた。あれ? と引っかかる。

その時、鉄橋の上を電車が通って、激しい音が響いた。節子がだれもいない空間をぼんやり見つめていた。そこにいたはずの兄の影を見ているんだろうか。アンナも同じように空間を見つめると、必死に思いを叫ぶ樹の後姿が浮かび上がった気がした。

電車が走り抜けるとさっきよりも濃度の高い静寂が河川敷に下りる。

「どうしよう……お兄ちゃんが犯罪に手を染めてたら。帰ってこなかったら」

「大丈夫。帰ってくる。絶対」

アンナの言葉に、節子は今までと違う、とげとげしさのある口調で言った。

「なんでそんなこと言えるの。わかんないじゃん」

「待ってる側がそう思わないと、自分の気持ちに負けちゃうから」

アンナは返した。節子が目を瞠る。

「私もせっちゃんと同じように、大事な人を探してるの。でも絶対見つかると思ってる。私のことをおいて、遠くになんか行かないって。樹くんもそうでしょ？」

節子はこくりと頷く。その表情はまだこわばっていた。

アンナは枝を拾い、マイクに見立てて歌い出す。頭の中でビートを鳴らす。思いつくままラフなラップをする。

「でも平気　いつか帰るって私信じてる　せっちゃんも信じてて　そうだよね　名探偵！」

アンナは枝を風真にパスする。風真はつかの間きょとんとしたが、すぐに枝をマイクのように握った。

「おうおう　YOYO! 俺は名探偵だよ　必ずいつき捜してみせる　だから節子ちゃん大丈夫！」

「わ、やっぱ下手くそ！　全然大丈夫じゃないし！」

アンナが笑い、風真がまくし立てる。

「なんてこと言うんだ　傷つくYO! 俺は頑張る　こんなわけない　負けない YO!」

ムキになって歌う風真を見て、節子も笑う。

うん、大丈夫。

アンナは胸の中で唱えた。

「よし行こうせっちゃん。遅くなると園長先生が心配する」

風真が言った。

「はーい」

アンナは立ち上がって、地面の石を川に投げた。四回水を切って石は水面下に消えた。

アンナが帰りを待っているのは、父だ。

去年までアンナと父、始はインドで暮らしていた。父がいなくなったのは突然だった。

日本に行く、と言って旅立って、そのまま帰らない。

――これ絶対になくしちゃダメだぞ。

荷造りをしている時、そう言ってアンナにロザリオのついたネックレスをよこした。

——なにこれ？

——俺と、アンナと、お母さんの秘密。

意味深な言葉はまるで虫の知らせみたいだった。

よく、ふらりと出かける父だったから、最初は心配していなかった。でもいくらメッセージを送っても返事がこないことに、徐々に不安が膨らんでいった。帰ってくると言ったのに。帰ってくるのが当たり前だと思っていたのに。

帰ってこない。

タブレットのアプリには自分のメッセージだけが並んでいった。

『今日こっちは雨。お父さんがいるところはどう？』

『お父さんいつ帰ってくるの？』

『大丈夫？　何かあった？』

『メッセージ届いてる？　心配』

『お願い、返事ちょうだい』

声が返ってこない。不安よりも恐怖に近かった。

父が私に何かを隠しているという予感はずっとしていた。その何かが、父が帰ってこない原因なんだろうか。わからない。わからないことは怖かった。インドの地で相談ができる相手が思い浮かばなかった。

一人ぼっちになってしまったインドの家で、孤独に押し負けないためには行動するしかなかった。

父の友人、栗田を頼って日本にやってきた。そして助手として働きながら、父の行方を捜している。

アンナと風真は節子をあかぼしに送り届けてから事務所への帰途についた。栗田は他に何か調べごとができたらしく、別行動とのことだった。調べごととはなんなのか、風真は教えてくれず、アンナも追及はしなかった。

車に乗ってすぐ、アンナは自分の胃袋の黄色信号に気づく。携帯ランチボックスには河川敷の近くのコンビニで買った中華まんが入っていた。

「とりあえず西園寺って男の素性を探ろう。樹くんが詐欺仲間に引き入れられたのかどうかはっきりさせないと」

風真が言う。

「そうですね」

中華まんは冷めているが、美味《おい》しいはずだった。口に運ぶ。ところが、空腹なのに食べる気力が湧《わ》かない。

理由はすぐ思い当たる。節子と樹の話を聞いたあとだから。幼い二人には、中華まん一つも「宝物」だっただろう。

「どうして子どもを捨てたりするんだろう」

アンナはつぶやいていた。

赤信号で車が止まる。

「親も、なんか理由があったってことですよね？」

運転席の風真は真剣な顔をしていた。

「子どもが捨てられていい理由なんてないよ。絶対間違ってる」

「……うん」

ふいに風真の手が伸びてアンナから肉まんを奪い取った。驚くアンナは目線を上げる。俯いていたのだと自覚していなかった。

風真は肉まんをかじって美味しそうに飲み込んだ。そして言う。

「やっぱ事務所戻るのやめよう」

「え？　どこ行くんですか？」

「ちょっと友達のところに」

「友達？」

信号が変わる。

「道具屋」

欠けた肉まんをアンナに返してから、風真がアクセルを踏み込んだ。

＊

風真はアンナを連れて若葉町《わかばちょう》の通りを歩いていた。大通りを外れて飲み屋が並ぶ裏路地に入る。

「道具屋ってどんな人なんです？」

アンナが訊いてくる。今しがた買ってきた手土産のシウマイ弁当を、食べたそうに見ている。

「あっと驚くアイテムを開発する人」

シウマイ弁当をアンナから遠ざけて答えた。

「崎陽軒のシウマイ好きな人なんですか？」

「あらゆる駅弁が好きなんだ。そして探偵に役立つ道具をいろいろ持ってる」

「ライター型のカメラとか？」

「古典的だな」

「爆発するペンとか？」

「それは007だろ」

でも、ないとも言えない。

「そんな人が知り合いにいるんですか？」

アンナの驚く声に、風真は得意げに振り返る。

「昔いろいろやっててな。人脈だけは広いんだ」

「すごい」

「尊敬していいぞ」

「あっ、それはない」

「なんでだよ」

二人は昔ながらの映画館『ジャック＆ベティ』に入っていく。アンナが疑問符を浮かべる。

「映画館で待ち合わせてるんですか？」

「ちょっと違う」

風真はシアターホールではなくバックヤードに続くドアを開けた。

「え、まさか」

風真は前方を指さし頷く。

「二つの意味で、その通り！　行くぞ」

薄暗い通路に踏み込んでいく。アンナも後ろから続いてくる。

いつも見落としそうになる配電盤を見つけて風真は立ち止まる。

「ドア……？」

アンナは目ざとく壁に同化したさりげないドアに気づいたようだ。

「どこでもドアならぬ、どこかな？ドアだ」

肩を回して、横の配電盤を開く。中にモニターとタッチパネルがある。パスコードを入力した。

音が鳴る。次は指紋認証だ。音が鳴る。最後は虹彩《こうさい》認証。

しーんと静寂が落ちて「あれ？」と不安になった瞬間、ドアが開く。ほっとして体を滑《すべ》り込《こ》ませた。

以前来た時と変わらない、地下へ続く階段がある。

「何これ！　怪し！」

アンナは驚いているが、どちらかといえばテンションが上がっている様子だ。

「行くぞ」

電球で照らされた階段を下り切ると、金網とコンクリートに囲まれた「店」がある。

「わっ」とアンナが感嘆の声を上げた。金網の内側に見える棚にはフィルム缶が積まれ、古い映写機も鎮座《ちんざ》している。

映写機と並んだ台にはフクロウのぬいぐるみが置いてあった。

「いらっしゃい」

フクロウの口がカタカタ動いて喋《しゃべ》った。

「わ、何これ」

アンナが興味深げに観察する。

「面白いでしょ。星《ほし》くーん、久しぶり」

閉じられた金網越しに、風真は作業デスクに座る男性の背中に声をかけた。

全く振り向かない。

「アルフレッド・ヒッチコック監督の遺作」

フクロウが言う。

「え、ふ……『ファミリー・プロット』だっけ？」

金網のロックが自動で外れる。風真とアンナは中に入る。

中に入った風真はクレームを放つ。

「俺だってわかるよね？　いい加減合言葉いらなくない？」

「変装の可能性もあるからじゃないですか」

アンナが言う。

ゴーグルをつけた道具屋、星憲章《けんしょう》は、はんだごてを使って何かの基板を製作していた。手を止めてからこちらを一瞥する。

「助手のアンナ」

「はじめまして。美神《みかみ》アンナです」

星は会釈とかろうじて受け取れる角度で顎《あご》を動かす。風真は手土産を渡した。

「これ崎陽軒のシウマイ弁当。頼んでたアイテムは？」

作業デスクの周囲にはAV機器やパソコンなどに混じって、目立つ表示盤のタイマーがある。星はシウマイ弁当を受け取るとタイマーのスイッチを押した。数字が動き出す。アンナが説明を求める顔を向けてくる。

「星くんは時間に超厳しくて、約束の時間を一分でも超えることは許さない。座右の銘は、『時はどんな道具よりも高価』だ」

壁には古い映画のポスター、スチール写真、それに就寝時間までの予定表が書かれていた。現在時刻は二十時五十八分。十八時からずっと〈工作〉と書かれているなかに十分間だけ、〈風真さん応対とメシ〉とあった。ついでにメシなのか、自分への応対がメシのついでなのか。

星は引き出しを開いて、シートを差し出す。ファンシーな星のシールがいくつかついていた。

「頼まれたヤツ」

「え、こんなちっちゃいの⁉」

いつもながら驚かされる。

「なんですか？」

「星くんオリジナルのGPS。スマホと連動して位置がわかる。で、こっちは盗聴器」

話しているところに星が電卓を差し出す。直視したくない金額を確認して風真は笑顔を作る。

「いつも通り振り込みで」

「遅れたら利子」

「……はい。あ、で、今日はもう一個あって。星くん前にこの町を拠点にした振り込め詐欺グループの話してたよね？」

星がゴーグルを外した。無言で弁当を開く。

「したけど？」

星が言ってシウマイを食べる。

「俺たち神谷樹っていう少年を捜してるんだ。児童養護施設あかぼしに住んでる十七歳。妹がいて、趣味はラップで」

「無駄な情報は興味ない」

星はシウマイを一定のペースで口に放りこんでいく。

「いや、ええっと」

星は無表情に、アンナを見た。

「それと、こいつ信用できない」

「アンナは大丈夫！　うちの社長の親友の娘さんで、去年から面倒見てるんだ」

「何か面白いことやって」

星がアンナにこれ以上ないほどの無茶ぶりをする。

「面白いこと？」

「やれ、アンナ。時間ないぞ」

タイマーは刻々と時間を削っている。

「――インドの猿」

ヨガポーズをアレンジしたような独特の動きで、ウキウキキッと猿の真似をする。沈黙が流れる。

アンナは必死にウキッウキキッとくり返した。ぞわぞわっと寒気が背中に走る。星が作業台に体を向けてしまう。

「ああっ……！　アンナ、違うの！　違うのやれ！」

いたたまれない空気に耐えかねて叫ぶ。

「インドのイグアナ」

「イグアナ！　って選択ミスだろ」

案の定床に這ってイグアナの真似をするアンナを見る星は無表情だ。

アンナは果敢に「インドのベンガルトラ！」、「インドのカマキリ！」と続ける。野獣のような顔をしたり、手刀で作った鎌を振ったりする姿を横で見ていて泣けてきそうだ。このままだと風真の心が先に折れてしまう。

「……インドのトンボ」

「ふふ」

星が噴《ふ》き出《だ》す。

まさかのトンボがヒットだ。

「ぷっ、へへへ。いやトンボ、日本と同じだし。てか、なんでインド推し？」

「何年もインドにいたんで」

「帰国子女なんだよ。他の国もできる！」

我ながらなんのプレゼンをしているのかと思いつつ、気合で押しこむ。

「う、うん、やれます、だいたいの国は」

「トンボがいい。インドのトンボ」

星はツボに入ったらしくしばらく笑った。

「前に風真さんに話したのは鬼道《きどう》のグループのこと」

改めて向き直った星が言う。

「鬼道？」

アンナが訊き返す。

「鬼の道と書いて鬼道。本名不明。長年相模原界隈《さがみはらかいわい》で稼ぎ続けてる男」

星は淡々と早口で言う。

「昔、闇金《やみきん》の被害者を救うためと言われて架空IDの免許証や携帯を作ったら、鬼道が仕切る詐欺組織に使われてた。俺の間抜けな過去」

「善意を利用されたんですね」

「別に社会正義の精神はない。作りたいものを作るだけ。ただ」

星は作業台の作りかけの基板を指で撫でる。

「犯罪に使われた道具はだれにも褒めてもらえない。かわいそうだ。作って売る俺の責任でもある。だからあのミス以降、客は選ぶ、ってのをモットーにしてる。風真さんみたいなね」

「信頼されてるんですね」

アンナが風真を見て言った。

「尊敬していいぞ」

「ちょっとだけ」

「で、要は、あかぼし少年がいなくなった件に鬼道のグループが絡んでそう、って話？」

さっさとまとめるように星が言う。

「そ、そう！　その可能性がある」

「そいつは階層の一番下だろうな」

「階層って？」

「詐欺グループはピラミッド型のヒエラルキー構造になってるってことですね？」

淀《よど》みなくアンナが言った。

星は頷く。

「一番末端が〈受け子〉と〈出し子〉。金やクレジットカードを老人から受け取ったり、口座から引き出したりする。その上に〈かけ子〉。嘘《うそ》の電話でターゲットを巧《たく》みに騙《だま》すプレイヤー。そいつらを束ねるのが〈店長〉。そしてさらに上の元締めがいる。下が警察に捕まっても、上が組織を再構成して何度も詐欺を繰り返す」

となると樹が万が一詐欺に関わっているなら末端だろう。

「さすが星くん。もしかしてアジトも突き止めてたりする？」

「一ヵ所。確証ないけど。鬼道の手下が出入りしてる」

「なるほど。怪しいぞ」

「ボスの鬼道っていう人の写真はないんですか？」

アンナの言葉に、星が首を横に振って表情を陰らせた。

「手に入れたら俺はこの世にいない」

「え？」

「大げさだよ星くん」

風真とアンナは笑い飛ばそうとしたが、星は剣呑《けんのん》な顔つきでモニターを凝視している。

「以前、知り合いの情報屋が興味本位で鬼道の正体を探った。そいつはナイフでめった刺しにされて横浜港に浮かんだ」

インドの猿を見た時とは比にならない寒気が背中に走る。

「鬼道の正体はだれも知らない。グループ内でも限られた人間しか知らないと思う」

ネットで「鬼道」って検索したら都市伝説がいくつもヒットする、と星は淡々と続けた。

表情を引きつらせて風真とアンナは顔を見合わせる。

物騒《ぶっそう》すぎる。いや、何も鬼道をどうこうしたいわけじゃない。自分たちの目的は樹を発見することだ。と、言い聞かせる。

「よし、アンナ、作戦会議だ」

「了解！」

星に礼を言おうと振り返ると、二人の存在を忘れたかのように作業に戻っている。理由は明白だ。タイマーがゼロになっていた。

＊

神谷樹は橋の夢を見て目が覚めた。

子どもの頃から時々見る夢だ。何年も経つが、未《いま》だに昨日のことのようだ。親に「おまえたち、邪魔なんだ」と言われて、節子と一緒に家を出た。飛び出したのは樹の意思だが、玄関のカギをかけたのは親だった。

雨風をしのぐために河川敷の橋の下で、何日も過ごした。

――お兄ちゃん。私たち、どうして他の子と違うの？

橋を見上げてつぶやく幼い節子の横顔が蘇《よみがえ》る。

朝と夕方、橋の上には自分たちと同い年ぐらいの小学生たちが、列をなして歩く。笑いながら、騒がしくしゃべりながら、学校へ向かい、家路をたどる。

――節子、隠れてろ。

幼い樹は節子を引っ張る。

――どうして？

――見つかったら、攻撃される。

節子の頬から涙が流れる。ろくに食べておらず痩《や》せた頬。垢《あか》と土で汚れた髪。同じように薄汚れた樹は妹を抱きしめる。

——お兄ちゃん。食べて。

節子は宝箱の蓋《ふた》を開き、パンを取り出す。胸が張り裂ける思いがした。樹は突き出されたパンを、節子に握らせた。

——おまえが食べろ。

迷ってから節子はパンを半分にし、残り半分を宝箱に戻した。

——半分はお兄ちゃんの分。

そう言って。

宝箱にはレジを通っていないカイロと軍手もあった。寒くなる時期だった。守ってくれる家族がいれば、とは思わなかった。いや、思った時期はあったかもしれないが、忘れていった。

金があれば。生きていく金さえあれば。

ドアが開く音がして、樹は体を起こした。外から吹き込んだ夜の風が、夢の余韻を消す。

「寝てたのかよ」

入室した西園寺が言った。

「メシ買ってきたぜ」

「いくらだった？」

「いいっての」

「いや、宿泊代も払ってないし」

「こんなボロアパートに泊めたぐらいで金とるかよ」

西園寺は笑いながらコンビニ袋を畳に置いた。あかぼしを出た樹は最初、ファミレスや公園で夜を過ごしたが、数日前からはずっと西園寺の部屋に泊まっている。

樹はコンビニ弁当の蓋を開けた。西園寺がここまでしてくれるのは、親切心だけではない、と樹はわかっていた。樹を逃がさないためだろう。でも少なくとも一緒にいて居心地はいい。西園寺も家庭に恵まれず金に困っていて、今よりいい暮らしをするために貪欲《どんよく》だった。

「酒は？」

「俺、未成年」

西園寺はチューハイの缶の写真をスマホで撮影してから、タブをあけた。

「インスタでもやってるの？」

「やってねぇよ。新商品とか、面白いものとか、撮りたくなるだろうが」

「そう？」

西園寺はゲーセンで景品を取った時、道端《みちばた》で喧嘩《けんか》しているカップルを見た時、など何かあると写真を撮るのが好きだ。知らない人まで撮るのは傍で見ていてひやひやする。樹にはよくわからない感覚だ。

西園寺はチューハイに口をつける。袋にはまだ二、三本入っている。

「本当にいらんの？　こんなんジュースと変わんないぞ。真面目だな」

美味《うま》そうに飲む姿に誘惑された。喉《のど》は渇いているし、酔ってしまいたい気分でもある。

だが苦笑いして樹は首を横に振った。

「人より真面目《まじめ》に生きればいいことがあるって阿久津さんに言われた」

阿久津は樹が出入りしていたライブハウス『キャンドル』のオーナーだ。物腰が柔らかで聞き上手な人だから、自分と節子の境遇も話したことがあった。葉山のライブの後、片づけを手伝っていた時のことだ。

——葉山のラップ以上に、あいつの生き方に憧《あこが》れてるんじゃない？　君は。

そうやって話しかけてきたのを覚えている。図星だった。葉山も貧しい家庭に育ったが、ヒップホップに出会ってスキルを磨《みが》き、いまでは数百人のオーディエンスを盛り上げるラッパーになっている。

――自分の力で乗り越えたいんです。逆境とか、過去とか。

――過去ってなんだい？　こんなおっさんでよければ聞くよ。

あかぼしの園長にすら直接は告げたことがない、「生きるために万引きをした」ことまで、気づけば話していた。万引きに手を染めていたのはだれにも頼れなかったから。頼ればどうせ、自己責任と切り捨てられるに決まっていたから。そう話した時阿久津は言ったのだった。

――人より真面目に生きればいいことがある。自分を甘やかさず、どんなことでも任された仕事はやり遂げる。人の信頼に応《こた》えるんだ。生きるコツだよ。

どんなことでも。

阿久津の言おうとした仕事とはまるで違うだろうが、樹はこの一ヵ月、自分の仕事をこなして人の信頼に応えているつもりだった。

「へぇ。阿久津にね～」

西園寺がぐいっとチューハイをあおる。

「おまえ、ラッパー目指してんだよな」

「……まぁね。葉山さんたちにはいろいろ教わったけど、本当になれるとは思ってない」

「夢は夢、現実は現実だよな」

鼻を鳴らす西園寺にあいまいに頷いて、弁当に口をつける。なれるとは思ってない。でも目指さない、とは言い切れない自分がいる。

このまま西園寺といればそんな、夢を見る自分を失っていくことになるだろう。いいのか。

いいんだ。現実を生きるには、金がいる。

床に置かれた西園寺のスマホが鳴った。西園寺は急《せ》きこんで手に取り、期待する目でタップする。が、すぐに落胆する顔になった。

「店長からだわ」

店長は店長でも、詐欺グループの店長だ。

「なんて？」

「ただの明日のシフト確認。たぶん樹も仕事が入るぜ」

初めてではない。数を重ねていくうちに、慣れていっている。

「うん」

「覚悟決めろよ、樹」

おもむろにベランダの窓を開けた。たてつけの悪い窓はガタガタ音を立てる。パキラというらしい植物の鉢に、西園寺はチューハイの残りを捨てた。水の代わりに酒をやってもいいのだろうか。西園寺が缶を潰《つぶ》した。

「わかってる」

樹は答えて弁当を腹に入れる。

味は感じなかった。

＊

樹の捜索依頼を受けて二日目の朝。

ドアのチャイムが鳴り、アンナは「はーい」と食べかけのパンを咥《くわ》えながらドアに向かった。

「お荷物お届けに参りました」

外からの声にもう一度「はーい」と答える。

アンナがドアを開けると、宅配の配達員――に扮《ふん》した風真が段ボール箱を持っている。

「ハンコかサイン頂けますか？」

「シャチホコでもいいですか？」

「シャチホコは持て余します。シャチハタなら」

あ、間違えた。

「それで！」

アンナは風真の差し出した紙にハンコを押すふりをした。風真は帽子のつばを持って頭を下げる。

「あーざーまーっす」

カーット！　とアンナの後ろで栗田が叫び、腰をとんとん叩いた。

「どうだった？」

と風真が振り返る。

「どっからどう見てもふつうの配達員さんでした」

「ああ。探偵より似合うぐらいだったな」

二人の高評価に風真が気をよくする。

「ま、昔やってたからね」

「またですか。いろいろやってますね」

「伊達《だて》に四十二年生きてきてないよ」

そういえば、若く見えるし、時に子どもっぽいけど風真は四十歳を超えているんだった。

「ひとまず練習はばっちりだな」

栗田が言った。

星から教わった詐欺グループのアジトらしきマンション。そこを調査するための練習をしていたのだ。

「じゃ、行っきましょ」

アンナは言いながらリュックに手を伸ばす。

「バカタレ」

栗田の声がアンナの動きを制した。

「アンナは留守番だ。詐欺集団に近付くんだぞ。ドンファンの事件とはワケが違うんだ」

アンナは口を尖らせる。

「大丈夫ですって、私車で待ってるだけだし」

ところが、栗田はいつにも増して真剣な顔で「ダメだ」と繰り返した。

「俺は古い友人からおまえを預かってるんだ。始の為《ため》にも、お前を危険な目に遭わせるわけにはいかない」

ハッとなる。自分という人間が今、この場所で守られているのだということをひしひしと感じる。栗田が本気で気遣《きづか》ってくれていることも。

「そうだね。アンナ、さすがに今回ばかりは」

風真も言う。アンナは息を深く吸った。

「お願いです。行かせて下さい」

栗田に向かって頭を下げる。

「どうしてそこまでして」

「傍にいるのが当たり前だった人が消えるのは、どうしようもなくつらいから」

父の顔と、返ってこないメッセージ画面がフラッシュバックする。勝手に涙が目に浮かんできて、アンナはそれが流れないように唇《くちびる》を噛《か》んだ。

「樹くんを絶対に連れ戻すって節子ちゃんに約束したんです。ネメシスの助手として、約束を守らないと」

しばしの沈黙の後、栗田はふぅと息を吐《は》いた。

「あくまで助手だぞ。後方支援だ。目立つようなことはするな」

その一言でアンナの頭の中は一気に切り替わった。

「はーい、ラジャー了解です！」

アンナはリュックを背負ってドアを飛び出した。

＊

星から訊いたマンションは、静かな住宅地にある、一見して小綺麗《こぎれい》なタイル張りのマンションだった。

風真とアンナは近くの公園からしばらくマンションの様子を窺った。一時間ほどが過ぎた頃だった。

アンナが急きこんだ様子で言った。

「道路の右方向を見てください」

風真は視線を向けて、目を瞠った。

マンションに向かってまっすぐ歩いてくる男がいる。髪色は違ったがキャンドルで写真を見せてもらった男、西園寺だった。

「間違いない」

風真がつぶやくとアンナが頷く。

西園寺はマンションに入り、五階の外廊下を進んで角の部屋に入った。

「西園寺が入っていった部屋、さっきから複数の人が出入りしてる」

「アンナも気づいたか」

男たちが幾人も出入りしていた。マンションの一室を使った会社という感じでもない。ほとんどがふつうのサラリーマンのように見える男たちだったが、彼らがかけ子なのか。だとすると西園寺も仲間であり、もしかしたら樹も……。

「よし。行動開始だ」

風真は駐車場の車に戻って配達員のユニフォームを着る。

「俺に任せとけ」

力強く言うと、アンナが眩《まぶ》しそうに見つめてくる。

「不安」

「おい！」

通りを渡り、マンションに入る。最初の関門は共同玄関のオートロックだったが、住人が出てきたのを見計らい、さりげなく潜入できた。

五階の角部屋へと急ぐ。深呼吸をしてからインターフォンを鳴らす。星の嫌な話が脳裏に蘇る。ドアが開き、「偽物だな？」と連れ込まれ、ナイフでめった刺しにされる妄想が瞬間的に膨らみ、やっぱりやめて逃げようかな、と一歩下がる。

と、その時チェーンを掛けたままドアが開いた。顔を出したのは、西園寺だった。

「う」と、思わず声が出る。

「は？　なに？」

「あ、いえ、鬼道さんのお宅ですか。お届け物です」

「鬼道さんに？」

西園寺が驚いた顔をする。

もちろん作り物の伝票の宛名《あてな》は鬼道。差出人は風神栗太《かざかみくりた》と、適当に書いてある。

「重いので中にお入れしますね。ハンコかサイン頂けますか？」

「いい。そこに置いとけ」

西園寺は訝しげな顔でサインをする。

「あーざーまーす」

風真は踵《きびす》を返《かえ》して、ドアが閉まる音がするとダッシュして階段を駆け下りた。

外の車に戻ると、アンナがスピーカーを操作していた。

「お疲れ様。感度良好」

スピーカーからは鬼道たちの話し声が流れてきている。

『おい、何してんだよ』

西園寺とは別の男の声が近づいてくる。

『荷物なんか受け取るんじゃねぇよ』

「……あれ？　なんかこの声」

聞き覚えがある。それもかなり最近。

『木嶋さん。でも鬼道さん宛って書いてあって』

「木嶋って……木嶋⁉」

「キャンドルの店員の」

アンナも目を瞠っている。

元ラッパーだといっていた、ちょっといかついあの男。

「う、嘘だろ。いい人っぽかったのに」

ショックで、風真は思わずスピーカーにすり寄る。

「風真さん、落ち着いて」

アンナが「しーっ」と人差し指を立てる。

『鬼道さんってココに来ることあんすか？』

『来るわけねぇだろアホが。お前みてぇな末端が会える人じゃねぇんだよ』

木嶋の怒鳴り声がし、「すいません」という小さな声がする。続けてガサゴソと段ボールを開ける音。

『……なんだ？』

と、木嶋の声。

『お肌しっとり水って書いてありますけど』

磯子のドンファン事件の縁でお肌しっとり水を箱買いしていたのが、役立った。

『鬼道さんが注文したんすかね』

『……知るかよ！』

『キャンドルに運びます？』

『は？　何言ってんだおまえ。あっちに運んどけ！』

再び木嶋の怒鳴り声が理不尽に西園寺を襲ったらしい。

それから運ばれ、床に無造作に置かれる音がした。音声は拾われ続ける。

星から買った盗聴器には気づかれていない。

盗聴器が仕掛けてあるのは、段ボール箱の底なのだ。注意深く見なければわからないが、二重構造になっている。段ボール箱がゴミに出されるまで部屋の中の音声は聞き放題だ。

「ひとまず木嶋さんのことは置いておきましょう。樹くんの情報を掴《つか》むのが先です」

「ああ、そうだな」

冷静なアシスタントに頷き、風真は耳を澄ました。

電話する男たちの声が鮮明に聞こえ始める。

『オイ、うちの嫁どうしてくれんだよ、腹に子どもいんだよ！　車で突っ込まれてんだぞ！』

『父さんごめん、どうしてもお金が必要で……』

『弁護士の佐藤《さとう》です。お父さん落ち着いて聞いて下さいね。ここはひとつ示談でまとめた方が』

ニュースでしか聞かないセリフの羅列が聞こえ続ける。頭がおかしくなりそうだった。かけ子たちの複数のしゃべり声が絶え間ない。都度都度、木嶋が「もっと言い回しを柔らかくしろ」などとレクチャーを挟む声がして、代わる代わる電話が始まる。大半の電話は怪しまれているのか途中で切られて終わるが、中には続いている通話もある。

「すごっ。これは騙されちゃいますね」

アンナが眉間《みけん》にしわを寄せて言う。

「平気で嘘つきやがって。でも、樹くんはいない感じだな」

いないならいないに越したことはない。詐欺に関与していてほしいわけじゃないのだから。

とにかく声が多すぎて聞き取りにくかった。

「性能がいいだけに全部拾っちゃうな」

「しっ。今、一人長電話が終わります」

アンナが目を閉じて集中している。

「息子が交通事故を起こしたっていう体で話してる、声の高い男の電話」

「まじで？」

風真も目を瞑《つぶ》って神経を耳に集中させる。

『えぇ。では午後一時にお宅へ参りますので、現金で五百万円をご用意下さい。ご住所の確認なのですが、相模原市西区川野辺四の二十三の十六で間違いないですか……はい、わかりました。では失礼します』

電話が終わる。

『よし。成功だな』

木嶋の労《ねぎら》うトーンの声がする。さらに木嶋は続けた。

『西園寺、樹に行かせろ』

と。

西園寺の声が『わかりました』と答えた。

頬を叩かれたような衝撃を受けて凪真はアンナの顔を見る。アンナも目を瞠っていた。

「樹くん、やっぱり」

外れであってほしかった可能性が、事実だとわかってしまう。樹は詐欺に関与している。

「絶対止めないと」

アンナが決然と言った。

「西園寺が樹くんと合流したところを捕まえるか」

「でも西園寺に抵抗されるかも。それに騙されてた人にも知らせなきゃ。……あっ」

アンナが閃《ひらめ》いた顔でスマホを取り出した。

*

連絡を受けた樹は西区で西園寺と待ち合わせた。先についていた西園寺は車のボンネットに寄りかかっていた。

「おせーよ」

「ごめん。靴ひも」

樹は指さして言った。

「あ？」

西園寺のスニーカーのひもがほどけている。舌打ちしてから結び直す。赤いラインの入ったスニーカーのソウルはすり減って、全体が薄汚れている。組織のために大金を稼いでいるのに、西園寺も金回りは決してよくない。

運転を始めてからも西園寺は見るからに不機嫌そうだった。

「どうかしたの？」

「また木嶋の野郎にどつかれたんだよ」

「あぁ、店長に」

木嶋はグループの「店長」で、かけ子や受け子を仕切る現場リーダーだ。もとはといえばキャンドルの従業員でもある木嶋に、西園寺がスカウトされ、樹も勧誘されるきっかけになったのだった。

「舐《な》めやがってよ」

「あの人だって鬼道には逆《さか》らえないんでしょ。どんだけ恐ろしい奴なんだろう」

西園寺がふふ、と意味深に笑った。

「なに？」

何が面白いのかと困惑する。

「木嶋も鬼道の前じゃ使いパシリだ。力のある奴にはへこへこしやがって」

「見てきたみたいに言うね」

西園寺が口を開きかけて、変な笑みを浮かべた。

「もうすぐ着く。上手《うま》くやれよ」

車は豪奢《ごうしゃ》な家が並ぶ閑静な住宅街に入っていた。樹はターゲットの住所と名前を確認してから車を降りた。バックミラーで自分のいでたちを確認する。着慣れないスーツと、扱い慣れないビジネスバッグ。ミラーに映る自分は偽物にしか見えなかった。

首を振って踏み出す。

ターゲットの大橋《おおはし》家は広い庭と車庫のある家だった。裕福な家。金を貯《た》めこんでいる。大橋という人間も家族も、路頭に迷って橋の下で暮らすことなんてない。

そう思うと罪悪感が薄れていく。持っている者からいくらか取ったところで何がいけないのだ、と。木嶋から教育されたことでもあった。「俺たちは金を社会に循環する仕事をしている」という教育だった。「持たざる者」は「持っている者」から奪うしかない。そういう仕事をするのが自分たちだ。

そうだ。仕事は立派にこなさなくてはいけない。信頼に応えれば、報酬をもらえるのだから。道が開くのだから。

インターフォンを押す。

「佐藤法律事務所の者です」

セリフは噛まずに言えた。

ほどなく玄関先に、杖《つえ》を付いた高齢男性が出てくる。大橋だろう。

樹は門の中へ入ってダミーの名刺を渡す。「さっそくですが時間がありません。息子さんの人身事故の件で、約束のお金を」

「これで、大丈夫でしょうか……?」

大橋は分厚い封筒を渡す。

「はい、任せてください」

と、樹はできるだけ落ちついた大人の声を発する。

「息子をお願いします、なんとか……このお金で！　やさしい子なんです！」

必死の口調に胸がチクリと痛む。痛みを麻痺《まひ》させるように樹は「はい、はい」と機械的に返事を繰り返した。そして札束を出してぱらぱらとめくる。

「確かに。お預かりします」

封筒を鞄《かばん》に入れて立ち去る。あとはすばやく家から離れて西園寺に拾われるだけ。踵を返す。と、目の前に男と、ボーイッシュな若い女が立っていた。

「神谷樹くんだね?」

一瞬、頭が真っ白になる。

「だれだ?」

パニックになりながら言う。警察か?

「探偵です。節子ちゃんの依頼で君を捜してた」

男は舞台に立つ役者のように悠然と言った。

探偵。節子の依頼。殴られたような衝撃で樹は立ちすくむ。

「あかぼしに帰ろう。樹くん」

女の方が言った。目力の強い女だった。

「金を返せ。それが無いとウチは破産だ」

振り返ると大橋が杖を投げ、カツラと眼鏡《めがね》を剝《は》ぎ取《と》る。

「ったく。この俺にじいさん役をやらせるとは」

腰をさすりながら言う。

「いや還暦すぎてるでしょ」

探偵がつっこむように言い返す。

変装……。大橋じゃない。この男も探偵の仲間か。

「汚ねえぞ」

樹は声を絞り出した。

「詐欺の方がよっぽど汚いだろ。こんなことしたら、せっちゃんも傷つく」

「節子は関係ねぇだろ」

探偵に言い返す。

「家族だろ。関係ないで済むと思ってんのか」

大橋に変装していた男が怒声を上げてくる。

わかってるんだ、そんなことは。樹は歯ぎしりをする。でも節子に必要なのはこんな兄じゃない。

＊

栗田の声に応えず、樹は無言で視線を落とす。そして風真の方にゆっくり踏み出した。

観念した動きに見えた。

アンナの考え通り、騙されていた大橋という老人に話をして身代わりに栗田を立てた。そして西園寺のいない場で樹を説得する——。作戦が成功したことにほっとする。

次の瞬間、樹が向きを変えて走り出した。

「樹くん！」

アンナが即応して先に回り込む。

「くそっ！」

樹は進路を変えて塀に直行した。すばやい動きで塀に飛びつく。

「待て」

風真の伸ばした腕は宙をかく。樹は塀を越え、隣家の敷地《しきち》に飛び降りていた。

アンナが門の外に駆けだす。

「俺は先回りする」

栗田が親指を立てて門を走り出た。風真はアンナと共に樹の背を追う。

住宅地の路地を走る樹は予想以上に俊足だった。巧みに道を曲がり、あるいは曲がると見せかけて方向転換をし、もれなく風真の息は上がっていった。

だがアンナは樹に負けず劣《おと》らずのスピードでじりじりと樹との距離を詰めていく。

振り返って焦った顔をした樹が角を曲がる。アンナが曲がり、二秒遅れで風真も曲がる。アンナが急ブレーキをかけていて、危うくぶつかりそうになった。

「ちょ、え？」

前方に栗田が立っていた。さすが社長、先回り成功！　と思ったのは大きな間違いだった。

「樹から離れろ」

栗田は背後から西園寺に羽交《はが》い絞めにされているのだ。棒状の凶器を首に押し当てられている。そして西園寺の後ろには彼らの車が停まっていた。

「社長⁉」

「すまん。腰が万全ならこんなガキ」

「この局面で腰痛……」

逆に人質になってどうするのだ、と頭を抱えそうになる。

「無理しないでくださいよ社長」

アンナが嘆くように言う。

「ごちゃごちゃしゃべってんじゃねぇ。樹から離れろって言ってんだよ！」

風真は凄《すご》む西園寺に指を向ける。

「おまえこそ、そのバールのようなものを捨てろ！」

「バールのようなもの？」

アンナが疑問の声を上げる。

「バールかどうか定かじゃない場合はそう言うのが常識なんだ」

「いや、絶対バールでしょ」

「そうか。バールか」

「呑気《のんき》かおまえら！」

栗田が叫んだ。

「離れろっつってんだろ！　ジジイの頭かち割るぞ」

風真は臍《ほぞ》を噬《か》む。西園寺の脅しはハッタリに思えない。動けなくなる。

西園寺は栗田を人質にしたまま樹の方に歩み寄っていく。

動きを封じられたアンナの前を二人は通り過ぎ、車に乗ろうとする。

風真とアンナは距離を詰めるが、西園寺がバールで牽制《けんせい》する。

「せっちゃんが待ってる！」

アンナが樹に叫んだ。

ドアに手をかけた樹の動きが一瞬止まる。西園寺が樹に目を向けて「おい」と舌打ちする。

「今だ」

その時、アンナが、体がくの字になるほどに腰を落とした。ヨガのポーズに似ていた。

が、なぜいまそのポーズを取るのか、風真には皆目わからず、目を疑う。

そのポーズのまま西園寺に向かって踏み出す。西園寺が気づきバールを向ける。

「うっ」

踏み出したアンナはたたらを踏んでばたりと倒れた。

「アンナ⁉」

風真と栗田の声が重なる。構わず風真はアンナに駆け寄って体を揺する。

「大丈夫か」

見ていた限り西園寺ともバールとも触れてすらいない。何が起きた？

半目のアンナがか細い声を出した。

「お腹《なか》が、減って……」

「……え？」

「なんなんだおまえら」

吐き捨てた西園寺は栗田を突き飛ばして運転席に乗り込もうとする。

「逃がすか」

風真は飛びついた。バールが振りかぶられる。

「ひっ。こわっ」

とっさに屈んで西園寺の足にしがみつく。

「離せこの野郎」

バールを振り下ろしてくる。

「うわっ」

地面を転がって避けるが、バールに脛《すね》を打たれた。

「ぎゃっ」

うずくまる風真を一瞥して、樹も助手席に体を滑り込ませた。

瞬《また》く間《ま》にエンジンがかかり、セダンが猛スピードで走り出す。

栗田は腰を、アンナは腹を、風真は脛を押さえて呆然と車を見送るしかなかった。

＊

樹は助手席でバックミラーを何度も確認する。尾行はない。まだ呼吸が落ち着かなかった。

「心配すんな。しばらくは追ってこれねぇよ」

運転する西園寺が自信ありげに言う。

「ったく探偵ってなんだよ。どこから出て来たんだよ」

「妹が俺を探して雇ったらしい」

「はぁ、面倒くせぇことしやがって！」

ハンドルを殴る。

「ごめん」

沈んだ樹の声に気勢をそがれたのか、西園寺がため息をつく。

「いや、兄貴思いってことだな。樹、金は？」

「持ってる」

封筒を見て、低い声で答える。

「オッケー。五百万だったっけ」

「うん」

頷くと、西園寺が暗い表情をした。ハンドルに顎を載せる。

「俺たちが危ない橋を渡って手に入れた金はまた、上に持ってかれるだけだな」

いつも金を手にするのは西園寺や樹のような受け子だが、金は手をすり抜けていく。

「ふつうの会社で仕事してたって同じようなもんだよ。きっと」

「達観してんな、おまえ」

笑った西園寺のポケットでスマートフォンが鳴った。信号で止まったタイミングで、西園寺が確認する。

途端に、息を吞《の》む。

「どうしたの？」

西園寺はしばらく呆然とした後、笑い出した。

「待ってた連絡がやっと来た。樹、今日はついてるぜ。いや、俺たちの人生が変わる日だ」

目がぎらぎらと光っている。歓喜が溢《あふ》れているようだが、気味悪く感じる。

「だれからの連絡？」

樹は訊ねた。

信号が変わり、西園寺がアクセルを深く踏んだ。

＊

風真とアンナ、栗田は車に戻っていた。

アンナが貪《むさぼ》る肉まんやアメリカンドッグの香ばしい匂《にお》いが充満している。

「あー、生き返る」

「びっくりしたよ。何なのさっきの。電池切れ？」

「うん。食べないと何もできなくなるんです」

そうアンナは言い切る。充電切れのスマホやガス欠の自動車と並び立つ存在なのか。

「そんなことより、まずいぞ……五百万が」

栗田が目を押さえている。

「……え！　あのお金本物なんですか？」

「偽物受け取るほど相手もバカじゃないだろう」

本物をまんまと奪われるこっちはバカじゃないか。

「奪い返せないと給料はゼロだ。はっはっはーっ」

破れかぶれといった様子で栗田が叫ぶ。

「きゅ、給料ゼロ～⁉」

「あぁそうだよ。どうする。考えろ名探偵！」

「うううううぅ」

頭を抱えるふりをしてから風真はどや顔をしてみせる。

「じゃん！」

スマホを掲げた。スマホの画面は、マップ上で星マークが移動している。

「これは、発信機か？」

「はい。星くん特製のGPSシールを西園寺に」

しがみついた時、とっさに貼り付けておいたのだ。

「行きましょう」

風真は意気揚々とエンジンをかける。

「無理ですよ、パンクしてるから」

「え？」

栗田と顔を見合わせてから車を降りる。

アンナの言う通り、タイヤに釘《くぎ》が刺さっている。

「あ！」

「西園寺の野郎か。なかなか頭がキレるな」

アンナが窓から顔を出す。

「大丈夫です。さっき電話しときましたから」

「電話？」

アンナが「来ました」と言って車を降りる。向こうから走ってくる車に手を振る。

「え、修理屋？」

「タクシーか？」

風真と栗田の予想はどちらも外れた。

みるみるうちに近づいてきたのは、今時珍しい真紅のスポーツカーだった。ギュン、と音を立てて風真たちの前に止まる。

運転席から顔を出したのは、上原黄以子《うえはらきいこ》だった。磯子のドンファン殺人事件で知り合った医師だ。

「乗って！」

歯を見せてにこやかに微笑んだ黄以子が言う。

「いいのか？」

「社長、考え直した方が」

黄以子が、ハンドルを握った途端人格が豹変《ひょうへん》することは身をもって知っている。

「はい、二人とも早く乗ってください」

強引にアンナに背を押される。

「ま、まって」

「シートベルト」

言われるまま、シートベルトを装着したカチャ、という音が号砲だった。

ジェットコースター体験が始まる。

とにかく法定速度を越えていたことは間違いない。何度もガードレールや塀が窓に迫ったことも、タイヤが心配になるドリフトで右折左折を繰り返したことも間違いない。

風真は声にならない絶叫を上げ続けた。

黄以子の華麗なハンドルさばきに楽しそうな声を出していたのはアンナだけだった。

「ひゃっほー、黄以子さん最高！」

「もう満足？　まだまだいけるわよ」

「いっちゃって！」

アンナが言い、涼しい顔をした医師はさらにアクセルを踏み込む。

「いやいやいやいやいや！」

もしかしてリニアか、リニアモーターカーに乗ってしまったのか。意識が遠のきそうだ。

「黄以子さん、近づいてきた。次の信号右に入ったら減速してください」

アンナがスマホを見て指示する。と、車のスピードが常識の範囲内まで落ちた。

「このあたりか？　住宅地だな」

ぐったりした栗田はタオルで顔を拭《ふ》きながら言った。

「あっ」

アンナが身を乗り出した。

風真は吐き気を飲み込んでからアンナの視線の先を見やる。

「樹くん！」

スマホを耳に当てた樹が、アパートの階段を上っていく。

黄以子が車を停める。アンナはスマホを放り投げて飛び出して行こうとする。

「待て。西園寺はどうした？」

栗田が制する。

アパートに寄せて二人が乗っていた車が停まっているが、運転席に西園寺はいない。

樹はアパートの一室へ入っていく。

「受け子がこんなとこで、ぐずぐずしてんのはおかしい」

栗田は経験豊富な探偵の表情になり、慎重に指示を出す。

「風真は正面から。俺は裏に回る。黄以子さんとアンナはここで待機。といっても無駄なのはわかってる」

　出走前の馬みたいなアンナを見て栗田がため息をつく。

「風真についていけ」

「はい！」


　古い二階建てのアパートだった。築年数は自分の年齢に近い、つまり四十年ほど経っていてもおかしくないな、と風真は思った。

　アンナと共に郵便受けに近づく。

　二階の突き当たりの部屋。『西園寺』とペンで書かれた表札が貼られている。

「間違いない。西園寺の家だ」

　風真は言い、アンナも頷いた。

　西園寺の部屋に神谷樹が入っていくのを目撃してから一、二分経つ。

　アンナは「どうしますか？」という顔を向けてくるが、外で様子を窺う気はなさそうだった。風真も同感だ。危険はある。が、中に樹と西園寺がいたとしても、今度はこっちが不意打ちをかけるのだ。勝算はある。追いかけっこは終わりだ。

「……行こう」

風真は階段を上り始めた。アンナも続く。カツン、カツンと薄い鉄板が足音を鳴らす。

部屋の前に立つ。そっとノブに手をかけた。静かに回してみると、鍵が掛かっていない。アンナが目を細めて風真を見る。風真は頷き返した。

「行くぞ」

勢いよくドアを引いた。

外観から想像できる通りの殺風景なワンルームだった。玄関の低い上がり框を越えるとキッチン、そして畳のワンルームだ。

走り込もうとした威勢が瞬時に削がれた。

畳の上に樹が呆然と突っ立っている。

「樹くん?」

樹が振り返る。前を開けたアウターに赤い染みが付いている。一瞬遅れて、樹の足元に横たわる西園寺に気づく。胸からおびただしい血を流し、ぴくりとも動かない。

「きゅ、救急車!」

アンナが叫ぶ。

風真は慌ててスマホを取り出した。

「もう遅いよ。死んでるから」

虚ろに樹が言う。

「ど、どうして……！　だれが？」

だれが、と訊ねながらも、犯人は一人しかいないことはわかっていた。

樹の手にはナイフが握られている。どろりと赤い液体がついていた。もう片方の手には
スマホが握られている。

「見りゃわかんだろ……俺が殺したんだ」

虚空を見つめて樹が答えた。

隣のアンナが一歩踏み出して樹に問う。

「そのナイフで？」

「ああ」

目の前の光景に、風真は眩暈を覚えてふらついた。

いったい何が起きたのかわからない。

ただ一つ確かなことは、ネメシスが受けた依頼は失敗したという事実だった。

節子になんといえばいいのだ。お兄ちゃんは詐欺に加担して、あげく人を殺したと？

絶望的な気分になる。

「もう警察にも電話した」

樹が言う。本当に西園寺は死んでいるのか。風真は部屋に上がろうと靴を脱いだ。ところが、

「風真さん、動かないで」

と、アンナが鋭く制してくる。

「え？」

アンナは一人でぶつぶつ言いながら樹を、次に三和土《たたき》を観察する。黒っぽい靴が二足並んでいるだけだ。

さらに靴箱を開いた。サンダルとブーツがある。

どうやらアンナには何かが見えているようだ。黙って見守る。

アンナは首を伸ばして西園寺の遺体の周りを観察する。風真もつられてそうした。五百万が入った封筒が落ちている。どうやら給料は無事払われそうだが、気分は全く晴れない。他には画面が激しく割れたスマートフォンも転がっていた。西園寺のスマホだろう。

「土……」

アンナが首を傾《かし》げて言う。

「土？」

凝視するとわずかに畳に土が付着している。だが、それがどうしたのか。アンナは部屋

に上がって窓を開いた。風真の立つ場所からは鉢植えの観葉植物が見えた。

パトカーのサイレンが聞こえてきた。

栗田と黄以子、樹が呼んだらしき警察官がほどなく部屋に駆けつける。

「これは……」

栗田が絶句した。

「俺がやりました」

警察官に対して、樹が繰り返した。

*

樹は最初に所轄の刑事に、少ししてからやってきた神奈川県警の刑事に同じ話をした。

自分が西園寺を殺した、と。

自分たちは振り込め詐欺グループの受け子であること、二人でグループを裏切って五百万円を持ち逃げしようとしたこと、だが分け前で揉《も》めてもみ合っているうちに殺してしまったこと——。

体と心が切り離されたような気持ちだった。

「で、尾行してきたおまえらがそれを目撃したわけか？　探偵」

四万十《しまんと》と名乗った県警の刑事が傍《かたわ》らに立つネメシスの風真に問いかける。探偵と刑事は顔見知りらしい。

風真が険しい表情で答える。

「犯行の瞬間は見ていません。樹くんが部屋に入っていくのを見ただけで」

「あいつが分け前をよこさないって言うから、言い争いになって、つい」

樹は言った。

「よし、署まで来てもらう」

千曲《ちくま》という刑事が言った。

「薫《かおる》」

「了解です」

千曲に薫と呼ばれた女性刑事が樹の横に立ち、連行する。

俯きながら樹はパトカーに向かった。アパートの周囲には野次馬が集まっている。

「お兄ちゃん！」

耳に飛び込んだ声に、心臓がちぎれるように痛んだ。顔を上げる。人垣をかき分けようとしている節子が見えた。

「お兄ちゃん……本当に」

駆け寄ろうとする節子を要園長が止めている。

樹は節子から無理やり目を逸《そ》らし、パトカーに乗車した。

＊

アンナはアパートの周囲をぐるりと回って、節子の元にたどり着いていた。

要に背中をさすられ、涙を流している。

「せっちゃん」

「アンナさん……お兄ちゃんが」

「事件はまだ終わってない」

力強く伝える。

「待ってて」

アンナは西園寺の部屋に戻った。警官たちに混ざって風真がまだ部屋の傍にいた。

「アンナ。樹くんが今警察に」

死体が運び出され、鑑識作業も終わった部屋にひょいと忍び込む。

「私ちょっと入ります」

精神統一の構えをとる。体の中のスイッチを入れる。思いこみや雑念を削ぎ落とす感覚。

意識がふっと上昇していく。そして飛ぶ。リアルタイムの景色が遠くなる。

脳内に映像が広がり始めた。

アンナの視界には今日見聞きした様々なものが映った。

西園寺の遺体。ナイフで数ヵ所刺されている。

イメージの中で樹が西園寺を刺す。

返り血。

樹のアウターに付いた血。

映像が崩れる。

畳に残されたわずかな足跡。足跡だけじゃなく赤褐色の汚れも見えた。

足跡は窓から続く。ベランダの柵《さく》はさびている。

玄関にある靴。足りない。

没入が一段階深くなる。

犯行の様子が見えてくる。

アンナは現実に戻ってくる。ただいま戻りました、とだれにともなく報告する。

「どうだった？」

風真が顔を覗き込んだ。

「答えはここに」

アンナはスマホを突き出した。

＊

風真がドアを開けると、ライブハウス『キャンドル』には阿久津、ラッパーの葉山、ユウキ、和馬がいた。入店した風真の顔を見ると、驚いた表情をする。

「こんばんは皆さん」

「樹が捕まったって本当なんですか？」

葉山が急き込んで訊いてくる。

「情報が早いですね」

「俺らさっきまで打ち合わせしてて、その間に節子ちゃんから阿久津さんに留守電入ってて」

「なんかの間違いじゃないっすか?」

ユウキが声を荒らげる。

「そうですよ。詐欺どころか人殺しなんて」

和馬も納得できない口調で追随した。

「本人が自供したんです。状況証拠もそろっていて」

風真は言った。

「そんな!」

「どうして……一言相談してくれたら」

阿久津が声を震わせた。

その時、風真の背後から入店する足音がした。振り返る。千曲鷹弘《たかひろ》、通称タカ刑事だ。

磯子のドンファン殺人事件で知り合って、今回も鉢合わせすることになった。

風真はタカと目配せしてからキャンドルの面々に言う。

「警察の方です。皆さんに事情聴取をしたいと」

タカは警察手帳を掲げて自己紹介した。

「ここは神谷樹と西園寺佑《ゆう》が出入りし、そして木嶋孝《たかし》が勤めていたそうだな」

「木嶋くん? 確かにそうですが、なぜ木嶋くんの名前が?」

阿久津が戸惑う声を出す。

「木嶋さんも先ほど、逮捕されたんです」

風真が答えると一同がざわめく。

「どういうことっすか？」

「木嶋が振り込め詐欺グループのリーダー、通称鬼道だったからだ」

タカが言う。


およそ一時間前。

振り込め詐欺グループアジト摘発に風真と栗田は同行していた。というより勝手についていっただけなのだが。

タカと、四万十勇次《ゆうじ》刑事ことユージを含む警察がマンションに踏み込むのを見届ける。きっと一網打尽だろう、と思いながら二人は外の路地にいた。

「で、アンナはどこ行ったんだ？」

栗田が質問してくる。

「星くんのところに行くって言ってました。なんか思いついたらしいです」

「ほう。それより、さっきのアンナの推理……」

言いかけた栗田が言葉を止め固まった。風真も視線の先を見ると、マンションの非常階段から飛び降りてきた男がいた。

「き、木嶋」

木嶋はスマホをいじっていたが、風真と栗田に気づいて目を剝《む》いた。

「動くな！　おまえが詐欺グループだってことはわかってるんだ」

両手を広げて風真は怒鳴った。

「ラップ好きとして許せんぞ」

栗田も並び立つ。

「くそっ。うっとうしいな」

木嶋はスマホを投げ捨て、背中に手を突っ込んだ。かゆいのか？

もちろん違った。

背中に隠し持っていた棒状の物が引き抜かれる。

「ええっ！　またバール⁉」

「取り押さえろ風真」

栗田が無責任に背中を押す。

「ちょ、社長」

「どけこらぁ！　殺すぞ」

木嶋が凶暴な声で吠《ほ》え、バールを振り上げる。西園寺とは段違いの気迫に風真は凍《こお》り付《つ》く。あ、殴り殺される……と固まった風真の前に栗田が飛び出す。木嶋の手首を極《き》めてバールを払い落とす。早業だった。

「離せジジイ」

木嶋が歯ぎしりする。

「だれがジジイだ」

「てめぇだ」

力任せに栗田を振り払い、木嶋はよろめく。だがまだ闘志のある目で拳を構える。

「おいこら」

階段の方から声とともに飛び出した影が、木嶋を蹴《け》り上げる。タカだった。抵抗の間を与えず木嶋をねじ伏せる。

「一般人は離れてろ」

「逃亡を阻止してやったのに」

栗田が口を尖らす。

「社長、やりますね」

「腰が万全ならこんなもんだ」

「タカ」

後からユージがやってきた。

「部屋は制圧完了」

「よし」

「ん？」

ユージが屈んでスマホを拾った。

「おまえのか？」

木嶋が硬い表情で頷く。

ユージが木嶋に顔を近づけて尋問する。

「詐欺グループのボスは？　鬼道はどこだ？」

「……くっ……俺だよ」

苦しそうに、木嶋が吐き捨てる。

「あぁ？」

「俺が鬼道だ」

風真と栗田は顔を見合わす。

「よし。来い」

タカが木嶋に手錠をかけた。

＊

「――というわけです。木嶋は自分が全て取り仕切っていたと自供しているそうです」

風真が言うと、阿久津がへたりこんだ。

「木嶋くんまで……」

「樹は西園寺殺しの犯人、木嶋さんが詐欺の親玉で、二人とも逮捕で事件解決、ってことですか」

葉山がやりきれない口調で言う。

風真は息を吸った。

「いいえ。事件は終わっていません」

全員の目が風真に向けられる。

「どういうことですか？」

問いかけた阿久津を見返して風真は答える。

「樹くんが殺人犯であり、木嶋さんが鬼道である。というのは果たして事実でしょうか？私はそうは思わないのです」

「え？」

風真は耳に手を当てた。

緊張する。アンナの声を聞き逃さず、同時に自分の言葉で皆に伝えなければいけないのだから。

「この世に晴れない霧がないように、解けない謎もいつかは解ける。解いてみせましょう、この謎を。さあ真相解明の時間です」

風真が謎解きを始める。

「樹くんは確かに『自分が殺した』と認めました。でも殺害現場には不自然な点がいくつもあったんです」

＊

アンナはキャンドルの外でひっそりと座っていた。手元のマイクに向かって話す。

「──でも殺害現場には不自然な点がいくつもあったんです」

そこまで言って一度、スマホのディスプレイを見る。風真の服に取りつけた小型カメラでキャンドル内部の様子も見えていた。

アンナは探偵として目立ってはいけない。だがアンナの推理が事件解決には必要。このジレンマを解消するために思いついたのがイヤホン作戦だった。


一時間と少し前、アンナは星を訪ねた。手土産を持って。最初は無視されそうになったが、例のトンボの真似をしたら通してもらえた。

「急ぎのお願いできました！　これ、鰺の押し寿しです」

星がタイマーのスイッチを押し、押し寿しを受け取る。もらえた時間は一分だった。

「小さくて高性能なイヤホンとマイクがほしいんです。星さんの超一流の腕を見込んでお願いします」

「俺が超一流。よく知ってる」

真顔で星が言ってくる。

「わかります。……はい、トンボ！」

真顔が一気に崩れて、噴き出した。

取りつけたイヤホンから流れるアンナの音声に従って、風真が推理を披露する――。これなら周囲には風真が推理をしているようにしか見えない。

テストの時間はなかったが、風真のアドリブ力に期待するしかない。

「では不自然な点を一つ一つ整理していきます」

＊

イヤホンの中でアンナの推理が始まる。初めて聞かされる推理を、即時に自分の言葉にして語らなければならない。だが風真はアンナの頭脳と自分のポテンシャルを信じている。

「――不自然な点はいくつもあります。その一。彼は現金を奪って私たちから逃げる時、アウターを着ていなかった。アパートに入る時も」

そうだ。樹はスーツの上に何も着ていなかったはずだ。つまり西園寺の部屋でスーツの上からアウターを着たということになる。

「それだけでも妙ですが、さらに問題なのは下のスーツとワイシャツに血がついていなかったことです。つまり犯行時はアウターのファスナーは閉じられていたことになる。しかし、私たちが到着した時、樹くんのアウターのファスナーは開いていた。変なんです。脱ぎ捨てて逃げようとしてるならわかりますが、彼はナイフと携帯を持って呆然としていた。わざわざファスナーだけ開けたというのは不自然です」

その二、とアンナが言い、

「その二」

風真が言う。

「西園寺のスマートフォンが遺体の傍に落ちていました。かなり激しい割れ方をしていました」

「ああ、中身のデータも消えてた」

タカが応じた。

「明らかに故意に壊されているようでした。でも樹くんがどうして西園寺のスマートフォンを壊す必要があったのか」

葉山が首を傾げる。

「その三。現場のベランダの観葉植物には倒れた跡がありました。枝が折れ、土がこぼれていた。そして、室内にはわずかに土が付着していた」

風真も観察したから覚えている。

「何者かが土を踏みしめ、その靴のまま室内を歩いたということです。でも樹くんは私たちが入った時、靴を履いていなかった。彼は靴下の状態だったんです。つまり、部屋の中に足跡を残したのは別の人物。その人物こそが西園寺を殺した真犯人です」

その人物はベランダから侵入し、西園寺を待ち伏せていた、とアンナは告げる。

「言い争いの末などではない、計画的な殺人。でも犯人は大きなミスを犯しました」

「ミス？」

タカが訊き返す。

「不自然な点その四。西園寺が直前まで履いていた靴がなくなっていました。赤いラインの入ったスニーカーだったと記憶していますが、玄関にも靴箱にもなかった」

「は？　犯人が靴を持ち去ったってこと？」

和馬が意味不明、といった調子で言う。

アンナがそれに答える。風真はその回答に内心びっくりしながらも、悠然と口にした。

「正確には犯人が履いていったんです。犯人は返り血に備えてアウターも着込んでいましたが、靴にカバーをしていなかった。あるいはしていたが外れてしまったのかもしれません。西園寺の血が靴についてしまったんです。血染めの靴で白昼の住宅地を逃走するのは憚《はばか》られた。だからとっさに西園寺の靴に履き替え、自分が履いていた靴は持ち帰った」

「ちょっと待って。じゃあなんで樹くんは、殺したなんて言ったんですか？　なんでわざわざ嘘を？」

皆の疑問を代表するように阿久津が問う。

「……彼が脅されていたからです。罪をかぶらなければ、大事な人、節子ちゃんを殺す、と。詳しいことは本人に訊くのが早い」

「本人って」

「タカさん、お願いします」

タカがスマホを操作すると、まもなく薫に伴われて樹がキャンドルに入ってきた。

「樹⁉」

葉山たちが驚きの声を上げる。

「初めは頑《かたく》なに『自分がやった』と言い張ってたが妹を必ず守ると伝えたら本当のことを話した。探偵の推理どおりだった」

タカがしかめ面で言う。風真は笑みを浮かべて頷くと、樹に目線を向ける。

「もう一度ここで話してほしい。事件現場でなにがあったのか。節子ちゃんは保護してるから、大丈夫」

俯いていた樹は意を決したように顔を上げた。

＊

あのまま逮捕されるのだと覚悟していた。それしか道はない、と。でも目の前の探偵、風真は樹の嘘を見抜いた。

探偵や警察をどこまで信じていいのかはまだわからない。だが、嘘を見抜かれてほっとしているのは事実だった。暗闇に沈む覚悟をしていたが、僅《わず》かに希望の光が見えた。そうか、自分は希望を求めていたのだ、と樹は知った。

「……鬼道に脅されました。西園寺を殺した罪を被《かぶ》れって。西園寺を殺したのは奴です」

「それって、おまえらが金を持ち逃げしようとしたから？」

ユウキの言葉に樹は首を横に振る。

「五百万ぐらいの金で末端をわざわざ殺すリスクは取らないでしょう」

風真が言った。

「五百万ぐらいって……」

ユウキが不服そうに言う。気持ちはわかるので風真も苦笑した。

「鬼道は億単位の金を稼いでるはずですから」

「はい。西園寺がやられたのは違う理由です」

樹は皆に言う。本当のことを言い切ると言葉は止まらなかった。

「探偵さんから逃げてる途中、西園寺はスマホを見てから顔色が変わって。アジトじゃなくて家に戻るって言い出した。大金が手に入る、もう下《した》っ端《ぱ》なんかじゃなくなるって……。自分は鬼道の顔を見た、正体をばらすと脅して金を要求したって言ってました」

「正体を知られて脅されたから、殺した？」

薫刑事がゾッとしたように言う。

「鬼道ってのはそういう男らしい。警察も長年正体にたどりつけなかった」

千曲刑事が言った。

風真も補足するように言う。

「これは想像ですが、西園寺のスマホが壊されていたのは、中に鬼道の正体を示す写真か動画が入っていたからじゃないでしょうか。たとえば詐欺グループの店長から、金を受け取っている場面とか」

おそらくそうだと樹も思う。西園寺はことあるごとにスマホで写真を撮る癖があったから。

「西園寺は鬼道の正体について君に話した？」

樹は首を横に振った。

とにかく西園寺は興奮気味で詳しいことは話そうとしなかった。

アパートに戻った西園寺は樹を車に待たせて部屋に入って行った。

――もうすぐ鬼道が来る。ここで階段見張ってろ。きっとびっくりするぜ。

意味深に笑ったあれが、最後に聞いた言葉だった。鬼道はすでに西園寺の部屋に侵入して待ち構えていたのだ。

待つこと四分。樹のスマホに着信が入った。

「知らない番号からでした。声は機械で変えてて、相手は鬼道と名乗りました」

まるで楽しむような口調だった。

――樹く〜ん、だれでしょう、か？

――え？

――今すぐ部屋に行って。友達が待ってるよ〜。

言われるまま向かうと、西園寺の死体が横たわっていた。

愕然《がくぜん》とする樹に電話の鬼道は言った。

――もしも〜し、そこにナイフあるでしょ。それ右手で持って。あとアウターも着といてくれるかな。お気に入りだけど、特別にプレゼントするから。そしたら警察に電話して自分が殺しましたと出頭するんだ。金のことで揉めたとでも言えばいい。

――ふ、ふざけるな……そんなこと。

――言われた通りにしないと節子ちゃんに何があっても……

頭が真っ白になった。

――あかぼしに忍び込んで殺してやるのは簡単だよ。たった一人の家族を守りたいんだろう?

加工された声があざ笑う。どうして節子のことが知られているのか、皆目わからない。

ただ、樹は機械的に指示に従うしかなかった。

――わかった。言う通りにする。

――いい子だ。

電話は切れた。

樹は血で汚れたアウターを着て、ナイフを握った。迷わず警察を呼んだ。

風真とアンナが現れたのは直後のことだ。

「鬼道は俺たちのことを知ってる。そんな奴に狙《ねら》われたら、助からないと思って」

＊

「これが樹くんが罪を被った理由です」

風真の演技力に感動しながらアンナはマイクに向かっていた。さすがだ、あの人。水を飲んで喉を湿らす。

あの、と阿久津がおずおずと発言する。

「樹くんが犯人じゃないのはわかりましたが、木嶋くんが鬼道でないというのは？」

「木嶋は詐欺グループの店長ですが、鬼道ではありません。替え玉でしょう」

「根拠は？」

「それはですね……」

風真が言い、言葉に詰まる。なぜならアンナが黙っていたからだ。

うーん。どういう順番で話そうかなぁと束《つか》の間《ま》迷った。ミステリー小説の探偵たちはスラスラと推理を披露する。けど話の道順を決めるのって難しいなあ。

「おい、おーいアンナ」

風真が慌ててささやいている。

ごめんごめん、と内心で謝ってアンナはマイクに言った。

「最初に引っかかったのは——」

＊

風真は耳のイヤホンに軽く触れてから、皆を見渡した。アンナの声がしたのでほっとする。故障でもしたら、途方に暮れる。

「最初に引っかかったのは西園寺の言葉でした。実は今日、木嶋が仕切る詐欺グループのアジトを盗聴してたんです」

「盗聴だ？」

聞き捨てならない、という顔をタカが見せたが気づかないふりをする。

「盗聴器の入った宅配荷物を届けるというやり方でした。その宛名を鬼道宛にしたんです。受け取ったのは西園寺と木嶋でした。鬼道宛の荷物を怪しむ木嶋に、西園寺がこう言ったんです」

——鬼道さんが注文したんすかね。キャンドルに運びます？

「訊かれた木嶋は『何言ってんだ』と怒鳴ってましたが、これ、ちょっと変ですよね。木嶋はキャンドルのバイトではありますが、キャンドルに運びます？　なんて確かめる理由はありませんよね」

一同が唸ったり首を傾げたりする。

「ここで思い出してほしいのは、西園寺は鬼道の正体を知っていたことです。そして店長の木嶋も鬼道には通じていたはず」

「あっ」

樹が声を上げた。

「そういえば、西園寺、木嶋も鬼道の前じゃ使いパシリだって笑ってました。まるで見てきたみたいに」

それだ、とアンナが声を大にし、風真は反射で「それです！」と指を鳴らす。

「木嶋が鬼道にへこへこしている場面を西園寺は目撃した。その場所がキャンドルだったとしたら？　もっと言えば、鬼道は日常的にキャンドルにいる人物。だから西園寺は嫌味を込めて木嶋に言ったんですよ。『キャンドルに運びます？』と」

妙な緊張感が一同に駆け巡ったのを風真は感じた。葉山たちラッパーの視線が、ためらいがちに一人に集まる。

犯人、鬼道の正体は、とアンナの声が言う。風真は背筋を伸ばした。

「鬼道の正体はあなたですね？　阿久津さん」

阿久津はまるで鳩《はと》が豆鉄砲を食ったような顔で「え？」と声を出す。

「ま、待ってください。そんな理由で決めつけないでくださいよ」

「理由は他にもあります。樹くん、確か鬼道は電話で君を脅す時あかぼしのことも、節子ちゃんが唯一の家族であることも知っていたんだよね？」

「はい。なんでそこまで知られてるんだろうって……」

「組織のトップが末端の個人情報まで把握しているのは不思議です。考えられるのは樹くんが、相手を鬼道と知らずに話したということ」

「確かに俺、阿久津さんにはいろいろ話しました。あかぼしに住んでるってことも、阿久津さんぐらいにしか話してない」

樹が険しい表情で阿久津を睨《にら》む。

阿久津は子どもを宥《なだ》めるような落ち着き払った顔になる。

「おい樹、落ち着いてくれ。俺以外の人間が樹の素性を知らないなんて言いきれないだろう。第一、木嶋が替え玉だっていうのも風真さんの想像でしょ？　刑事さん」

「確かに、木嶋は自分が鬼道だの一点張りだ」

タカが静かに言う。

「ほら」

阿久津が微笑む。

「だが」

タカが低い声で続けた。

「逮捕される直前、木嶋はスマホで通話していた。履歴は消されていたが、だれかの指示を受けてたのかもな」

「木嶋もまた、家族かだれかを人質に取られてるのかもしれません」

アンナが言い、風真が言う。だとしたら鬼道は、いや阿久津は相当卑劣な人間だ。

「俺は鬼道じゃない。西園寺も殺していない」

「では証拠を見せましょう」

「証拠？」

風真は大股《おおまた》で阿久津に歩み寄り、スマホを阿久津の眼前に掲げた。画面にはマップが表示され、星が点滅している。

「これ、私が西園寺を尾行する時に貼りつけたシール型のＧＰＳです。どこにつけたと思います？」

阿久津の表情が曇る。

「我ながらファインプレーでした。もみ合った時に西園寺の靴に貼りつけたんです。さっき話したように犯人は西園寺の靴を履いて現場から逃走した」

「靴は今どこにあるんすか？」

ユウキが阿久津の後ろから興奮気味にスマホを覗き込む。

「ここのすぐ近くのゴミ捨て場ですね」

ばっちりのタイミングで、またライブハウスのドアが開いた。ユージ刑事が入ってくる。阿久津がハッとして目を向ける。

「お待たせ」

「ユージ。どうだった？」

ユージがタカを不満げに見てから、襟元の土を払う。

「スーツが汚れたわ。でもゴミ溜《た》めの中からお宝発見」

ユージは片手に持った二つの透明なビニール袋を掲げた。中身はどちらもスニーカーだった。うち一足には赤黒い液体が、指の形でべったりとついている。

「西園寺の奴、死に際におまえの靴を摑んだみたいだな」

ユージが無表情の阿久津に言う。

「で、こっちのスニーカーには探偵のGPSシールが貼ってある。おまえが逃走に使った西園寺の靴だ」

「このGPS、何時何分にどこを通ったかまでログが残っています。道をたどれば目撃者や防犯カメラの映像が見つかるはずです」

風真が言うと、

「靴自体にも犯人の指紋や汗の痕跡《こんせき》が残っているでしょうね」

薫が補強する口調で付け加えた。

「決定的な証拠です」

風真は阿久津に言った。

阿久津は宙を仰ぐ。

「靴で足をすくわれる。なーんて笑えねぇなぁ」

「認めるんだな？」

タカが言う。

「しゃーない。俺の負けだ」

阿久津は両手を広げた。

「信じてたのに。あんたの言葉」

樹が叫ぶ。阿久津はぷっと噴き出した。

「『人より真面目に生きればいいことがある。自分を甘やかさず、どんなことでも任された仕事はやり遂げる。人の信頼に応えるんだ』なんて言葉を信じてたか。よく信じてくれたなぁ。道具として悪くない働きっぷりだったよ。でも最後が期待外れ。台無しだ。ゴミが！」

突如阿久津は叫び、踵を返して客席を走った。飛びかかろうとする風真と刑事たちに向かって椅子を蹴り、隠し持っていたナイフを引き抜く。刃は樹に突き出された。間一髪でユージが樹を引き寄せ、ナイフは空を切る。阿久津は舌打ちした。

「何年も築き上げてきたものを終わらせてたまるか」

ナイフを振り回し牽制すると出口へ走る。

「待て」

風真は真っ先に追いかける。まずい。外には……。

出口の戸を開けた阿久津は立ち止まる。

アンナがいた。条件反射のように阿久津がアンナの首に腕を回し、ナイフを突きつける。

「アンナ！」

風真は足が止まる。

「動くんじゃねぇぞ。ん？」

次の瞬間、アンナは阿久津の拘束からすり抜けていた。

「インドの蛇」

アンナが独り言のように言い、またもヨガのようなポーズを取る。

阿久津がナイフを突き出す。手刀で阿久津の手首を弾《はじ》き、ナイフを蹴り飛ばす。

「人はあなたの道具じゃない」

次のアンナの構えは既視感があった。トンボだ。阿久津がナイフを拾うより先にアンナは飛び上がる。高く、鞭《むち》のようにしなやかな蹴りが放たれた。

阿久津が壁に叩きつけられ、崩れ落ちる。固まる風真を追い越してタカとユージが阿久津を拘束する。

「え、なに今の技」

風真はイヤホンを外しながら訊ねた。

「カラリパヤット」

「からり？」

「インドにいた時に覚えた武術です。今度はお腹すいてなかったんで、ばっちりでした」

けろっとした顔で言うアンナを見ると力が抜け、笑ってしまった。

＊

阿久津が逮捕された後日、樹は刑事に連れられてあかぼしにいた。

特別サービスだ、と四万十刑事は言った。

「殺人罪が晴れても詐欺の立件があるからな。ちゃんとお別れしてこい」

どんな顔をしていけばいいのかわからず、項垂《うなだ》れる。

「メソメソしてんじゃねーぞ！　兄貴なんだろ？」

千曲刑事に叱咤《しった》されて、樹は園に踏み入った。

園の庭には節子と園長と、ネメシスの風真とアンナがいた。節子は涙を浮かべた目で俯いている。

「なんで詐欺なんかしたんだ」

要園長が言う。

答えられずにいるとアンナが「風真さん」と小さく言う。風真が進み出た。

「これ。あの橋の下で見つけた。石で隠すように置いてあった」

樹は声を上げそうになる。風真が差し出したのは樹が隠していたブリキの箱。幼い頃から節子と樹だけの、「宝箱」だった。節子があの絵にも描いた、箱だ。

「樹くんは、四年後に大学進学する節子ちゃんのために、学費を貯めようと思った。自分は無理でもせっちゃんに夢を叶《かな》えてもらいたい、そのためにはとにかくお金が必要だと。これは、あの橋の下で見つけました」

風真が箱の蓋をあけると、中には樹が貯めた金があった。節子が息を呑む。

「ごめん」

樹が頭を下げる。

「親がいないって理由で、節子が夢を諦めなくて済むように」

「そんな……」

節子が声を震わせる。

「詐欺で稼いだ金で大学なんて行きたくないよな。わかってる。ごめん。……俺は昔から、そういうことしかできねぇから」

節子が顔を上げた。涙目が樹をまっすぐ見る。

「私だってそうだよ」

小さな声を絞り出した。今度は節子が周りの大人たちを見上げて声を上げた。

「昔、万引きをしていたのはお兄ちゃんだけじゃない。私もしてたんです」

「節子、よせ」

樹は焦って言うが、節子は首を振った。

「宝箱も私が作ったんです。なのに、保護された後お兄ちゃんが全部罪を被った。私の未来のために。私は、本当のこと、言わなかった。つらいことをお兄ちゃんに押し付けてた。だから……ごめん」

節子を、樹が抱きしめる。節子は兄の腕の中で涙を流し続けた。

＊

もっと早く止められなかったんだろうか？ そんなやるせない思いをこらえて、風真は樹と節子に語り掛ける。

「二人は、いろいろなことを一人で抱え込みすぎたんだ。もっと周りを頼っていい。っていうか頼ってほしい。やさしい園長だっているんだから」

要が深く頷く。

「もっと早く相談してくれりゃよかったんだ」

「園長……」

その時、周りにいた子どもたちが集まってきた。

「ねえ樹兄ちゃん、ラッパーになんの？」

「え？」

「あのお姉ちゃんが」

子どもの一人がアンナを指差す。

アンナがにこにこして子どもに頷いてみせる。

「そうだよ、樹くん、武者修行に出るんだよ」

「ラッパーのむしゃしゅぎょう？」

「うん」

子どもたちが混じりけのない声で、「じゃあラップやって」と樹にせがむ。

「え？」

「おっ、いいね！」

アンナがヒューマンビートボックスを刻んだ。いちいち言うまでもなく、上手かった。

戸惑った樹が節子を見る。節子は笑顔を浮かべて頷いた。

樹は息を吸う。

そしてアンナのビートに乗せてラップをした。

何があってもこの場所が自分の家だ、と、思いを叫ぶ。罪を償って帰ってくる、と約束を誓う。ここにいる全員、必ず幸せになれると叫ぶ。

風真たちはそれを見届けた。

うん、悪くない旅立ちだ、と思った。

あかぼしを後にしたその足で、風真とアンナは星の店に出向いた。

今回は事前にアポイントを入れていた。星の予定表には一時間〈ネメシスと接見〉と書いてあった。

「はい」

到着するや否や、星が小型の機械を差し出してくる。

「改良品」

「え？」

「私が頼んでおいたんです。マイクを口の中に装着できたらいいなーと思って」

アンナが言う。

「イヤホンも骨伝導にしといた」

「さすが！　すごすぎっ！」

「別にどうってことない」

星は言葉と裏腹にニヤニヤしながら言う。

風真もテンションが上がり、「これがあればもう」と口走る。

星が首を傾げる。

「もう？　何に使うの？」

アンナと風真はハタと困り、目を合わせる。

「ま、つまんないことに使わないならいいから。はいこれ請求書」

渡された風真はゼロの数を数える。

「高あぁっ！」

「これからいっぱい稼げばいいじゃないですかっ」

気楽にアンナが言う。

「そういえば、それ」

星がアンナの胸元を指差す。

「ロザリオ」

「あぁ、これですか？」

アンナがネックレスを手に取る。

星がそこに見慣れない機械を近付けると、ロザリオが赤く光る。

「え？」

「やっぱり。最新式の分子メモリだ」

「分子メモリ？」

星はパソコン横のハードディスクを指さした。

「これの百倍、情報を詰め込むことができる」

「なんでそんなものが」

アンナが顔色を変える。

「これ、お父さんがいつも付けてた物なんだけど」

「中身、調べてみようか」

星がネックレスを手早くパソコンに接続し、キーを叩く。ディスプレイには文字の羅列が表示される。星はため息をついた。

「ダメだ。セキュリティが堅すぎて開けない」

「えっ。なんとかして開けないの？」

「ノーヒントで挑むのは時間の無駄。無理」

星は早々に諦《あきら》めてパソコンをオフにした。ネックレスをアンナに返す。風真は緊張感ともどかしさに鼓動が早まっている。アンナの父、始がアンナに託したネックレス。大きな意味があるのではないか。

栗田に知らせなければいけない。風真と栗田は、アンナには話していないある秘密の調査をしていた。栗田が節子の依頼を受けた真の理由は、あかぼしに住む子どもだったから。二人があかぼしである収穫を得たことをアンナは知らない。

そしてこのロザリオもきっと、一つの進展だ。

「平気?」

星の声で我に返る。星はアンナを見やっていた。アンナはネックレスを見つめて、ぼんやりと壁に寄りかかっていた。

「お父さん……」

いつもは聞いたことのないか細い声が漏れる。

どんなに明るくふるまっていても、頭がよくても、アンナの心には穴が空いている。風真は、その事実を見過ごすわけにはいかなかった。

「アンナ」

「風真さん、あ、ごめんなさい。大丈夫ですよ」

アンナが無理をして笑う。風真はアンナより少し上手に笑顔を作って、手を振る。

「YOYO!　俺たちは名探偵だよ　必ずお父さん捜してみせる　だからアンナ大丈夫！　居場所があるだろ！」

星が仰《の》け反《ぞ》って「きもちわるっ。韻もっと踏んで！」とクレームを投げてくる。アンナは笑った。今度は無理が感じられない。そして手でマイクを作って、

「今はそう、ネメシスが私の居場所！」

リズミカルに歌った。

第二話

道具屋・星憲章《ほしけんしょう》の予定外の一日

予定表を作ってその通りに行動することは道具屋、星憲章の重要なポリシーだった。人生は有限だ。どんな本好きでも世界中の本を読むことはできないし、いかなる天才スラッガーでも打てるホームランの数は決まっている。

星の頭の中に作りたいもののアイディアがあまたあっても、形にできるのはほんの一部分。ゆえに一秒も無駄にすべきではない。

だから予定を立てるのだ。だれかに時間を削られるストレスを回避し、やることがなくなってぽっかり時間に空白を生むこともない。逆に、余計なことをしないで済むので、必要以上に疲れない。

今日も予定通りに進む時間に満足していた。午後二時二十二分。ゾロ目。

星は横浜市若葉町にあるミニシアター、ジャック&ベティのバックヤードを進んでいた。映画を見に来たわけではなく、奥に隠された「自宅」に戻るためだ。

今しがた、ネットで購入したカラースプレーをコンビニで受け取ってきた帰りだ。

星はだいたいの買い物をネット通販で済ませる。だが星の住居兼店舗は、映画館の秘密の通路を進んだ先の壁の中という立地なので、宅配業者を呼べない。そのためコンビニの宅配ロッカーは重宝している。

帰ったらさっそく新しいカラースプレーで、作りかけのベンチに塗装をする。予定通りのつつがない日常。

それが秘密の通路を進む途中で危うくなった。

目の前に男が二人いる。一人は覆面レスラーが使うようなマスクを被っている。だが痩せた体のせいで、ひどく貧相に見えた。もう一人は体つきも顔もごつい。四十代といったところか。

覆面の痩せ男が、ぐったりしたごつい男を引《ひ》き摺《ず》って、横倒しにした清掃カートの布袋に入れようとしている。手にスタンガンを持っているのでごつい男を気絶させたのも痩せ男だろう。痩せ男はごつい体を布袋に押し込もうとするが収まりきらずにいる。しまいには腕を捻《ね》じ曲《ま》げたり、圧縮して空気が抜けると期待しているのか床に押し付けたりして、悪戦苦闘する。

拉致《らち》が行われている瞬間だとしか考えられない光景だった。

数秒経って痩せ男は星に気づいた。思いきり目を合わせて、「あぐー」と声を上げた。

アグー豚という豚がいたな、と星は思い出す。

「お、あ、これはっ」

想像より若い、高い声だ。状況に対する言い訳を探すように目線を泳がす。

「こ、こいつは……こういうのが好きだから……あえてだ！」

星が反応せずにいると、さらに続ける。

「袋の中、っていうか、狭いところに押し込まれると嬉《うれ》しいんだこいつは。そういう奴なんだ！」

星は痩せ男の一連のセリフを受け止め、正しい意味の忖度《そんたく》をする。「狭いところが好きだから、気絶させて布袋に押し込んでやっている」という論法でやり過ごそうとしているようだ。

目撃されて焦っているという部分を差し引いても、相当なバカと見える。

時間がもったいないので星は掌《てのひら》を向けた。

「どうぞご自由に。俺には関係ないんで」

二人はちょうど星の住居兼店舗に続く隠し扉の前にいるのだ。邪魔である。

ごくりと唾《つば》を飲んで、痩せ男が壁から離れる。

「……うぅ。くそ」

体半分だけ布袋に押し込まれたごつい男が声を出した。

「わっ」

と、痩せ男が仰け反る。意識があることに驚いたようだが、スタンガンは体を麻痺させるだけで気絶させることはまずできない。

「くっ」

苦しそうに身をよじり、逃げようとする。

「しゃ、しゃべってんじゃねぇよこんにゃろ！」

痩せ男がごつい男を蹴り、体が入り切っていない布袋を強引にカートに乗せる。そのまま通路を走って角を曲がった。

厄災は去った。まったく、物騒な世の中だ。

やれやれという思いで星は配電盤を開く。解錠キーを押す。指紋認証と虹彩認証を手早く済ませると壁の一部が開き、地下――星の住居兼店舗に続く階段が現れる。入ろうとして、ふと床に落ちている物に気づく。拾い上げたその時、曲がり角の向こうで「おいっ」「おまっ」「いってーっ」という怒声と床を滑《すべ》る音が響く。目をやると、ふらふらと覆面の痩せ男が戻ってきた。

「ど、どこ行きやがったこの」

と喚《わめ》きながら左右の壁にがんがんぶつかっている。

「ちくしょー、見えねぇ」

いや、覆面がずれているだけだ。外せばいいじゃないかと思っている間に、星の目の前まで来て、よろめく。

「あっ、とっとっ」

倒れ掛かってくるので反射的に避ける。

すると吸い込まれるように男は下に続く階段を転げ落ちていった。

「……は？」

目の前で起きたギャグマンガのような展開に今度は星が呆然とした。急いで階段を下りる。

「うお……いってぇ……見えねぇ」

腰をさすりよろよろ立ち上がった痩せ男は手探りで扉に触る。まだ覆面がずれたままだ。扉を開き、ふらふら入ろうとする。不法侵入！　慌てて追いかけ覆面をはぎ取った。

「わっ！　と……見えたぁ！」

痩せ男は叫び、星の顔を見合わせ、一瞬呆然としてから顔を手で覆《おお》った。

「み、見られたぁ！」

やかましい。

痩せ男があろうことか扉から金網の中に侵入する。そもそも階段を発見されない想定なので、作業中の時間以外は鍵をかけていない。男は転んだせいか足がもつれていて、床で滑った。

男が倒れた先にはこれから塗装しようとしていたベンチがあった。痩せた体がベンチに倒れ込む。

途端、ベンチの背もたれが下にスライドし、ベルトが射出された。倒れた男の胴体に巻き付いて座面に固定される。

あっと言う間にベンチだったものは拘束具に早変わりした。

「……なっ！　なにこれ。ベンチが」

痩せ男が拘束された状態で叫ぶ。

「ベンチ型捕獲機。まだ塗装前だったのに」

ベンチの傍に屈んだ星は憤然として、ベルトのロックを外す。

「おまえ、早くここから立ち去……」

自由になった痩せ男は積まれたフィルム缶や星の作業用工具の数々に目を配っていた。

「なんかわかんないけど、すげぇな」

知性に欠ける感嘆の声を上げた。覆面の下の顔は妙につぶらな目をした、二十代前半くらいの男だった。

興奮した様子で言い、博物館に入った子どものように店内をうろつき始める。拘束を解いたことを激しく後悔する。

「只者《ただもの》じゃねぇな、あんた」

「いや只者だ」

「人が襲われてるのに平然としてて、映画館に隠し部屋持ってて変なベンチとか作る奴は、絶対只者じゃねぇって。超怪しいぜ」

「おまえに怪しいと言われたくない」

思わず言い返す。

「俺はただの道具屋だ」

「肩書きがすでに怪しいじゃねぇか」

ムッとしつつ一理あるので星は視線と話を逸らす。

「いいから出てけ。男に逃げられたんだろ?」

「ミスったなぁ。逃げられるなんて」

泣きそうな声で肩を落とす。

「なんで映画館のバックヤードに入ってきた？」

安住の地を侵された気分だ。痩せ男は束の間考えてから言う。

「あいつがこっちに入ってきたから。人気《ひとけ》もないし今がチャンスと思ったんだけど」

男は口を尖らせる。

「でも道具屋さん、通報したり襲われてる男を助けようとしたりしない？　ふつう」

「しない。面倒。赤の他人の心配は時間の無駄」

「ひゃー、クールだなぁ～」

キンキンに冷えた炭酸水でも飲んだような言い方だった。

「まぁ俺にとっては好都合だけど。にしても面白そうなもんがいろいろ置いてあるなぁ」

今度は作業台に近づいて、勝手にルービックキューブを手に取る。

「触るな」

男が勝手に面を動かす。

「うわっ！」

痩せ男が悲鳴を上げる。強烈な閃光がキューブから放たれたからだ。星は目を覆ってルービックキューブを奪い、面を崩してからスイッチを切る。光が消える。

「い、今のって?」

「フラッシュライト。ここから照射される」

ルービックキューブ型の装置を指さして説明する。

「すげぇ。え、じゃこの箱は?」

「待て、それは」

言ったが遅かった。台の上に置いてあった木箱を痩せ男は開いていた。

「うわーっ」

星は天井を仰ぐ。

箱の中身は拳銃《けんじゅう》だ。ロシア製のトカレフ。

「じゅ、銃まで持ってるんですね⁉」

男は急に敬語になる。

「もらっただけ。弾も入ってない」

星は急いで箱を閉じる。知り合いの業者から譲りうけたのだ。

業者も、足を洗ったやくざに押しつけられ処分に困っているだけだと言っていた。「北欧では違法銃器からヒューマニウムという金属を作り出し、日用雑貨に生まれ変わらせている」。そんな話をネットで見たばかりだった星は、「自分の腕なら何かしら作れるんじゃないか？」という好奇心と業者が持参した郡山駅名物「海苔のりべん」の誘惑に勝てず、受け取った。

痩せ男は箱と星を見比べ、嘆息を漏らす。

「やっぱあんたすげぇっす。むしろやべぇっす」

「すげぇとやべぇの違いはなんだ」

苛々《いらいら》して星は言った。

「三度目だ。早く出ていけ」

机のタイマーを押す。

「一分以内」

痩せ男は動き出したタイマーを凝視してから、背筋をピンと伸ばした。「失礼しました、すみやかに退室します」とでも宣言するのかと思いきや、

「俺は山田《やまだ》っていいます」と名乗ってくるので呆気《あっけ》にとられる。

「生まれも育ちも東京都大田区。二十二歳。最終学歴は高卒」

「だれが面接するって言っ」

「まぁ遠慮しないで聞いてください！　特技はスポーツで、障害物競走と借り物競走は負けたことがないっす」

「運動会限定」

「犬派か猫派かっていうとどっちもまぁまぁ好きっす。あと親の残した借金がめっちゃあって、うっかり振り込め詐欺に参加しちゃって、人生詰みかけてます。よろしくっす」

「つっこみどころが渋滞してるがつっこむ気はない。時間の無駄だ。残り二十八秒で立ち去れ」

「力を貸してもらっていいっすか？」

「は？」

「ほんの数時間、二時間でいいっすから」

山田は拝んでくるが、拝まれても困る。

「俺にメリットがない。これ以上無駄な時間を使うようなら警察呼ぶぞ」

「警察？」

「あぁ」

「できるんすか？　俺、拳銃持ってる怪しい奴が住んでるって警察に言いますよ。道連れっすよ？」

山田が鋭く突いてくるので驚く。こいつはバカではあるが意外に侮れないようだ。

星は道具屋を始めてから裏稼業の人間と少なからず交わっている。だから山田がその道のプロでないのはわかった。「バカ」、という第一印象も正しいはずだ。だがバカが本気になると驚異的な胆力や機転を発揮してくる。ただでさえ人間という生き物の内面は推し量れないというのに。

一分を告げるタイマーが鳴る。山田は聞こえないふりをしているのか、本当に耳に入っていないのか話を続けてくる。

「手伝ってほしいのは簡単なデリバリーっす。ある場所からある物を運び出して、ある人に届ける。わかります？」

『ある』が三つ出てくる話に具体性がないことはわかった」

ため息をついてタイマーを止める。

「なんなんだ、デリバリーって」

「俺がやらなきゃいけないことっす」

熱がこもった声で山田が言った。

「やらなきゃいけないこと」

星は反対に冷めた声で言った。

時計を見る。現在二時三十分。これ以上の押し問答こそ時間の無駄だ。

「四時から人と会う予定がある。一時間半だけ付き合おう。ベンチの塗装とトイレ掃除に当ててた時間を使ってやる」

「トイレ掃除？」

訊き返されたが無視して、星は机上のタイマーを三時五十九分にセットした。

「タイマーが鳴った時には全て終わり、帰宅していることが条件だ」

山田が満足げな笑みを浮かべる。

「恩に着るです。あと、ここにある面白そうな道具を使わせてください」

「欲張りな奴だな」

「昔からっす」

あっけらかんと山田は言う。

「持って生まれたもんが人より少なかったんで、欲しがりに育っちゃったんすよね」

「子宮から出てきた時は皆手ぶらだ」

「え？　どういう意味っすか？」

星はため息を落とす。

「俺が悪かった、話を続けてくれ」

「あ、はい。雰囲気的に、ピッキングツールぐらいありますよね？」

「雰囲気的に」

「ないっすか？」

「あるよ」

「くださいください！」

夏休みのラジオ体操でスタンプをせがむ小学生のような目だった。

「犯罪に使う気か」

「逆に犯罪に使わない客がいるんすか？」

「勝手口の鍵をなくしたから売ってくれという客がいた」

「どんな対処法っすか。蹴破《けやぶ》ればいいのに」

「その対処法もどうなんだ」

「とにかくー、犯罪は犯罪っすけどクソな犯罪じゃないっすから」

クソじゃない犯罪とは？　と訊きたい気もしたが、これまた時間の無駄だ。

「わかった。ただし俺が使う。壊されたら腹立たしい」

よっしゃーっと山田がガッツポーズをする。

「俺、今日こんな運がよくていいんすかね」

「俺はこんな運が悪くていいのか？」

星は皮肉に訊ねる。

「さーせん。でもこれも運命の出会いってやつかも」

つぶらな目で頭を掻く。

「運命ときたか」

星は運命という言葉は嫌いじゃない。あらゆる難題の要因を一言で片づける効率の良さが気に入っている。だが、自分が難題に巻き込まれた時に使われると、やや不愉快だということを学ぶ。

「まぁ無駄話はよそう」

「あっ、でも金は払いますよもちろん」

「なに？」

ただ働きを覚悟していた星は耳を疑った。

「ならピッキング工具レンタルと手伝い料金と迷惑料、二十万だ」

星は早口で言った。

「余裕っす」

自信満々な様子が、逆に不安になる。

星は山田と共に映画館を出た。

近くの駐車場に山田はコンパクトカータイプの車を止めていた。「わ」ナンバーなのでレンタカーだろう。犯罪行為に足がつく車を使うあたり、やはり素人だ。

「リュックは後ろに置いてください」

助手席に乗った星に山田が言う。

星はリュックを持って来ていた。外出はほとんどせず、する時にも手ぶらが多い。が、荷物を持たざるを得ない外出時にはいつも使うリュックだ。

「いろいろ詰めてたっすね」

「もしものための道具だよ」

ため息をついて後部座席にリュックを置く。

「外は危険がいっぱいだ」

「サバンナに比べたら危険はねぇっすよ」

「サバンナに行ったことあるのか？」

「東武動物公園なら」

「二度とサバンナを語るな」

「とにかく安全っす」

山田は笑って車を発進させた。まるで信用できない。

「そういえば道具屋さん、なんて呼べばいいっすか?」

「星」

「星さんか。きらきらネームっすね。あ、苗字《みょうじ》か」

無視した。

「振り込め詐欺に加担した、と言ってたな。それとデリバリーは無関係じゃないんだろ」

山田は苦笑して、はい、と頷く。

「ちょっと前に相模原で大手だった振り込め詐欺集団が潰されたんですけど」

星はぎょっとした。

「鬼道の?」

「知ってるっすか。まあ、鬼道逮捕ってニュースやネットでも騒いだし。なんか殺人事件まで起きてたし」

星が知っていた理由は、星自身が鬼道たちを「潰した」要因に関わっているからだが、黙っておく。

「俺はかけ子でした。名簿をもとに一日中、偽電話かけまくってました。数ヵ月前にやめたっすけど」

「罪悪感で?」

「いや向いてなかったっつーか、正直。電話だとセリフ噛むし、間違い電話もしちゃったし」

「嘘だろ」

いや、でも山田ならありえそうだ。振り込め詐欺の間違い電話、とは笑っていいのか。

「まじっす。あーあの、でも罪悪感は……」

山田がふと手を止める。

「組織にいる間、罪悪感はなかったんですよ。金持ちからちょっと金を取るだけだって本気で思ってて」

「今はあるのか」

ちらっと山田は星を見た。

「いや〜虫のいい話っすよね」

「だな。悩むだけ無駄だ。過去は変わらない」

「未来は変えられる?」

山田の問いに星は呆れる。

「まだ存在しない時間を変えようがない。そういう考え方も——」

「無駄、っすね。星さんのキャラがわかってきました」

嬉しそうにニコニコしている。

星は話題を移した。

「さっき拉致しようとしていた男は何者だ？」

「何者かっていうと、あれは店長っす」

なるほど、詐欺グループの店長。風真たちが逮捕させたという、木嶋と同じだ。

「追わなくていいのか」

信号待ちで星はさりげなく訊ねる。

「後回しでいいっす。あいつについてはノーコメントで」

「成島悟《なりしまさとる》。三十七歳。横浜市南区蒔田町《まいたちょう》、ルポメゾン蒔田一〇七号室」

「なっ？　なんで知ってるん……」

山田が目を瞠る。

星は免許証をひらひらさせた。先ほど二人がもみ合った廊下で拾った財布に入っていたのだ。

「まじっすか！　勝手なことしないでくださいよ」

慌てて山田は免許証を星から奪ってズボンのポケットに入れた。

元かけ子が上司を襲ってどうするつもりだったのか、気にはなるが、わざわざ問いつめたいほどではない。

「星さんはさ、どんな客を相手にしてるんすか？　あ、勝手口の奴以外でお願いします」

車が動き出してすぐ山田がそんなことを訊いてくる。

「探偵、マジシャン、医者、時に警察関係者」

マジシャンが裏の顔は怪盗であったり、医者がモグリであったり、警察が違法捜査を厭《いと》わないはみだし者であったりする、とは言わない。言葉足らずは嘘ではない。

「頼めばすぐ用意してくれるっすか？」

星は首を横に振った。

「一見《いちげん》さんお断りが基本だ。たまにネットに噂を書かれて困る」

映画館にいる道具屋、と半《なか》ば都市伝説のような情報が細々と出回るのだ。

「へたな相手に道具は使わせない。俺の道具は一級品だから」

「自分で一級品とか言う」

山田が笑った。

「無意味な謙遜《けんそん》はしない」

「いいな。自信に満ちてんだなぁ」

どこか寂《さび》しそうな口調に聞こえた。

「なりたい自分になれてる人間なんですね～、星さん」

星は山田の横顔をちらりと見る。

「どうしたらなれるっすか？」

「人生相談もするならプラス二万」

「ハハッ。しねぇっすよ」

下手に笑って山田はスピードを上げた。

車は若葉町を離れ、横浜公園をかすめて関内《かんない》エリアに向かう。

コインパーキングに山田は車を止めた。

「『ある場所』っす」

へぇ、と頷き星はリュックを背負って降りる。

工事中の道路を横切ってすぐに「ある場所」があった。屋外コンテナ型のトランクルームだった。

屋内型に比べて室温調整ができないため保管できるものは限られるが、その分料金が安く出し入れがしやすい場合が多い。セキュリティが緩《ゆる》いが、逆に言えば出し入れする際人目に付きにくいともいえる。

山田はコンテナが並ぶ敷地を迷わず進む。星は後からついていく。角を曲がった奥まったところで山田が足を止めた。

鍵はカードキーや暗証番号式ではなかった。

「本当はこじ開けるつもりだったんだけど」

と言う山田の努力の痕《あと》なのか、鍵穴の横には真新しい傷がついている。ハンマーでも叩きつけたのか。

星はピッキング工具を取り出した。

鍵穴に星はピッキング工具を差し込む。自分で作ったアイテムだ。間違いはない。二十秒とかからず開錠した。

ドアを開く。二帖《じょう》ほどの広さのコンテナの中に、段ボールとボストンバッグがあった。

山田が、物件の内見をさせる不動産屋のように「電気のスイッチはここです。成島もここに運んで監禁するつもりだったっす」と説明してくる。

それから山田は段ボールに近づき蓋を開く。覗き込んだ星は目を見開いた。中身は大量の一万円札だった。これが「ある物」らしい。

山田が束を摑んで星に差し出してくる。

「代金です。ちょっと多いけどもらってください」

「この金は？」

山田がにやにやした。

「鬼道は万が一、自分が逮捕された時のために、信頼の厚い部下を何人か金庫番にして、金の一部を隠させていたんです。分散させて隠しとけば出所後に使えるじゃないっすか」

「組織のサブバンクってところか」

段ボールを見下ろして星は納得した。用心深い鬼道らしいことだ。

「おまえ、よく知ってるな」

「金庫番の一人がしゃべってるのを聞いたんですよ」

もしかすると金庫番が店長の成島なのかもしれない。

「はいこれ代金です」

山田は雑に札を摑んで床に置く。そしてボストンバッグを開くと、段ボールの一万円札を移し始める。

星は床の札を拾った。二十二万あった。

犯罪者の金、いや、もとは詐欺被害者の金だ。でも今はだれのものでもない金。

請求金額より二万多いその札を、ポケットに入れた。

「バッグに移すのを手伝えと？」

「はい、大量なんで」

「よく貯めこんだものだ」

「こんだけ金があったら人生変えられますかね」

「どうだろうな」

「せめてきっかけにはなりますよね」

願望に聞こえた。星は感情を込めず「かもな」と応じる。

「本当、星さんのおかげでスムーズっす」

星は手を動かしながらため息をつく。

「ハンマーで力任せに鍵を壊そうとするなんて無駄な労力だ」

「ハンマー？」

「ハンマーじゃないなら鉄パイプ？」

「なんの話っすか」

「外の鍵、壊そうとしたんだろ」

「はい？」

手を止めて顔を上げる。ドアを指さした。

「鍵穴の周りの真新しい傷。山田が開こうとした痕じゃないのか？」

山田は不審そうな顔で首を横に振る。

「そんな荒っぽいことしないっす」

「勝手口を蹴破る奴だろ」

「たとえっすよ、あれは」

「……じゃあだれが」

星はハッとする。

「この場所に金があること知ってる奴、他にもいるか？」

小声かつ早口で星は訊ねる。山田は顔を歪《ゆが》めて頷く。

「あーはい。俺と同時期にグループやめた岩清水《いわしみず》って奴。俺とかと違ってガチな半グレっす。そもそも俺、そいつが金庫番とここのことしゃべってるのを聞いたんで」

それを先に言え、と怒鳴りつけようとした星は寸前で言葉を呑んだ。狭く暗いコンテナに沈黙が落ちる。外で、砂利を踏みしめる足音が確かに近づいてきている。

二人で息を潜める。足音は火を見るより明らかに、星たちのいるコンテナの前で止まった。扉は閉まっているが、鍵は開いている。内側から鍵はかけられない仕様だ。

突如、グイィィィインとけたたましい機械音が響いた。

「な、なな、なんだぁ？」

山田が仰天して立ち上がる。

「チェーンソー」

星は答える。外にいる人物は鍵が開いているとは知らず、確認もせず、ドアを切断しようとしている。

「え？　ジェイソンっすか？」

「ジェイソンはチェーンソーを使わない」

チェーンソーを使うのはレザーフェイスだ、と教えようとした時、チェーンソーの作動音が止まる。星と山田の話し声が聞こえたらしい。外からドアが開かれる。隠れられるスペースは元よりない。

「んー？　ありゃ？」

チェーンソー片手に入ってきたのは長身でソフトモヒカンの男だった。コンテナ内の電球に照らされた顔はのっぺりしていて、三白眼。唇が黒かった。首にはタトゥの一部が見える。

「岩清水さん」

山田が言う。

「うわっ。山田じゃん。なんでー？」

「い、岩清水さんこそ、どうしてここに」

山田の態度が先ほどまでと明確に変わった。蛇に睨まれた蛙《かえる》、という慣用句の見本のようだ。

「金、金。金取りに来たんだよ」

「あ、ああ、俺もっすよ」

「そうなん？　いやー、びっくりだよな。鬼道さんの組織が潰されるなんて。警察まじ有能な？」

「……はい」

「おかげでこの金も浮いちゃってるしな」

「さすがっすね。覚えてたなんて」

「山田もじゃんか～」

岩清水がチェーンソーを持っていない方の腕を山田の肩に回す。山田が縮こまった。

星は岩清水を眺める。白昼堂々チェーンソーでコンテナ破り。シンプルに相当危ない奴だ。一方で星はすぐそばの道路が工事中だったのを思い出す。工事の騒音に紛《まぎ》れることを計算に入れたのなら、危ない上になかなか頭も回る。

「こいつは？」

のこぎり部分で星を指して、岩清水が言った。

「ええっと……」

「ピッキングの手伝いを頼まれただけ」

星は言った。すると岩清水が破顔一笑する。

「そうそう、鍵あいてっからめっちゃびっくりした。せっかく持ってきたのにこれ意味ねーじゃん。はっはっはっは」

そう言ってまたチェーンソーを起動する。耳をつんざく音が二帖のスペースで轟《とどろ》く。

「あ、あの岩清水さん」

「んー？」

山田が声を張り上げると岩清水がスイッチを切る。

「この金のことなんですけど。取りに来たって言いました？」

「ああ、言った」

伸びをした岩清水に、山田が急き込んで言う。

「山分け、でいいっすか？　岩清水さんが、七割で、俺が三割……」

「ああ？」

岩清水が手を伸ばし、山田の頭を押さえる。山田が背筋をピンと張る。岩清水の手は山田の前髪を撫でつけた。

「七三分け、なんつって」

そう言って笑う。山田も合わせて笑う。

笑えない星は持ってきたリュックをそっと開く。

「も、もし無理なら、九：一……でも」

「九：一はむずいな」

岩清水が山田の髪をぐりぐりとこねる。

「でも金が欲しいんです、俺も」

震える声で山田が言う。

「うーん、山田さぁ」

「はい」

「いま、俺もって言ったじゃん」

「はい」

「残念なお知らせ〜、なんだけど。俺は金欲しくないんだわ」

「え？　でも取りに来たって」

「取りに来たのは使うためじゃねぇんだよ」

岩清水の声が一段、温度を下げる。

「この金、鬼道さんの貯金じゃん。俺はこの金を回収して、鬼道さんのために取っておこうと思ってんだ。ここより安全なとこにさ。ほら、がめようとする奴もいるじゃん？」

山田はしどろもどろになる。

「え……あの、俺は、あの……っていうか、でも鬼道さんは」

「何十年刑務所に入ろうが、俺はあの人を待つ。鬼道さんについていくって決めてっから。あの人は最高だろ。裏社会で何年も生き延びて組織もでっかくしてさ。殺しも簡単にやってのけて。まじかっけー」

恍惚《こうこつ》の表情で岩清水が言う。

「だから鬼道さんの金をゴミクズから守るためにさ、ここに来たんだ俺は。で、おまえさっきなんつった？」

「……あ、あ、あー」

岩清水の手が山田の頭から離れた。

「金を山分け？　金が欲しい？」

「す、すいません！」

「謝るってことは本気だったんだ？」

星は岩清水の目の色が変わるのを感じた。

「ゴミクズがいたなぁ。おまえだ山田ぁ!」

怒号とともにチェーンソーが再び作動される。山田が悲鳴を上げて後ずさるが、すぐに壁にぶつかる。

「うわあああっ! す、すいません! なしで! なしで! おねがいしまぁすっ!」

山田の絶叫を無視して、岩清水が舌を出し、チェーンソーを振り上げる。

刹那、星はリュックにつっこんでいた手を引き出し、サングラスを装着してルービックキューブを床に滑らせた。

ルービックキューブが閃光を放ち、岩清水が仰け反る。山田はとっさに目を瞑っていた。

星はリュックから二つ目の道具を取り出す。タクティカルペン。ふつうのペンとしても使えるが、頑丈かつ先端が鋭利に作られた護身具。海外の銃器メーカーの製品が一般流通しているが、星の持つものは星の自作だった。

光に目を覆って立ち尽くす岩清水の太腿《ふともも》に突き立てる。

「いっっ!」

岩清水が膝《ひざ》を折る。ためらわずに今度は肩口に連打する。捻じって、ノックを二回する。

チェーンソーが岩清水の手から落ち、床に当たって火花が上がった。

星は岩清水から離れて山田を出口の方に押しやる。

「逃げるぞ」

「待って、金、金」

山田は段ボールに飛びついて、中身をボストンバッグにぶちまけた。

「金よりいまは」

命を優先した方が合理的だ、と言いかけた星は脇腹《わきばら》に衝撃を受けて蹲《うずくま》った。岩清水の拳が入ったのだった。

「てめぇ」

痛みに耐えながら転がり、ルービックキューブを蹴り飛ばす。

「変な小細工しやがって」

岩清水が目を瞬かせながら、落ちていたチェーンソーに手をかけた。

ボストンバッグを抱えた山田が岩清水の背中に飛びつく。バチバチッという音がし、岩清水が拾いかけたチェーンソーを取り落とした。痙攣《けいれん》して床に這《は》いつくばっている。

山田の手にはスタンガンが握られていた。

「急げ」

星は叫ぶ。山田が出口に走った。タックルするように扉を開く。星も続いて転がり出て、扉を閉める。閉まる寸前、岩清水の怒りの形相が見えた。

星と山田は顔を見合わせてから一目散に走る。

敷地を出て車に飛び乗り、山田は一度間違えてバックしてから、タイヤを軋《きし》ませてコインパーキングを飛び出した。しばらく町中を走ってから路駐する。

「危険はないって言ってたのはだれだ？」

「俺っす」

危険はないどころかチェーンソーで切り刻まれるところだった。

「サバンナの方がマシじゃないか」

「東武動物公園は……安全だったっす」

「だろうな」

「マジ……死ぬかと思った」

青ざめた顔の山田がハンドルに額をつける。

「吐くなら外で」

「さすが。冷静っすね」

星は首を横に振り、手を掲げた。小刻みに震えている。今すぐ帰ってセキュリティ強化して一週間は引きこもりたい気分だ。

山田は深呼吸をした。

「さっきのルービックキューブ、持ってきてたんすね」

「言ったろ。外は危険。もしもの時のために持ち歩いている」

「他には何入ってんすか？」

リュックを開いて折り畳み傘を見せる。

「とにかく助かったっす」

傘に首を傾げてから山田は言った。

「別に。ついでのように俺まで殺されそうだったから」

照れ隠しの類ではなく本心だった。そして思い出す。

「おまえのスタンガンにも助けられた」

「え？　いやぁ……俺らわりといいコンビネーションだったり？」

「それはない。どう考えても」

「やっぱりっすか。でも、俺のせいで星さんが死ぬことになんなくてよかったっす」

星は驚いて山田を見た。自分のことなど行きがかりで巻き込んだ便利な道具屋、としか考えていないと思っていた。死んでも気にしないだろうと。

「今日死ぬ予定はない」

星は言った。

「俺も同じく。そうだ。目標達成しないと」

山田はもう一度深呼吸をした。ボストンバッグに詰められたのは三千万前後だろうか。

「続きを始めるっす」

「ある場所ある物、の次はある人、だったな。一時間半以内という約束は守れ」

残り四十五分だ、と星は念を押した。

「最高の道具屋がついてるんでいけますよ」

山田の一言は軽かったがまっすぐで、星は「わかってるじゃないか」と気をよくし、ほんの少し胸が熱くなった。


山田の運転する車は伊勢佐木町方面に引き返し、県道二十一号線を走った。

「さっき、なりたい自分にどうしたらなれるかって、訊いたな」

そんな話を星は蒸《む》し返《かえ》していた。仮にも「最高の道具屋」と褒めてきた山田への義理のつもりだった。大した回答はできない。

「ああ、はい」

「俺は、なりたくない自分にならないようにしてきたよ」

「なんか深いな」

「深くない。嫌なことから逃げてきたというだけだ」

大学を出て一流メーカーの研究職に就いた。自分のアイディアと技術で、社会に役立つものを作り出したくてたまらなかった。

でも現実は上手くいかなかった。星の意見は「コンプライアンス違反になる」、「危険が伴う」、「需要が狭すぎる」、「利益が出ない」と、面白みのない言葉で却下されてばかりだったからだ。好きなものを自由に作りたい。そのためには組織にいることは窮屈で、苦痛でしかなかった。

「昔から道具屋みたいな仕事をしたかった？」

「子どもの頃の夢は発明家だった」

「叶えてるんだ？　すげぇ。俺の夢は叶わなかったっす」

「夢」

星は復唱しただけだったが、「夢？」と促《うなが》したみたいになり、「ガキの頃の俺の夢は」と山田は語り出す。

「ランボー」

「は?」

「ランボー知らないっすか。シルベスター・スタローンの」

「知ってる」

ベトナム戦争から帰還した元兵士の戦いを描く、有名な映画シリーズだ。

「ガキの夢なんてむちゃくちゃじゃないっすか。俺、『ランボー 怒りの脱出』を見て、カッコいいから憧れたんですよ」

「だれかと戦いたかった?」

「となりの家の親父《おやじ》」

即答した山田の横顔を星は窺う。今日見た中で一番鋭敏な表情をしていた。

「そこの子どもはタカフミって名前の俺の同級生で、親父にしょっちゅう怒鳴られて、叩かれてたんです。虐待っすね」

意外にハードな話に星は眉を上げる。

「だからタカフミの親父をぶちのめして、タカフミを解放させたかった。ランボーみたいに。いや、今考えたらランボーである意味は全然ないっすけど……強くなりたかった。ランボーが所属してた設定の……あれ。度忘れしちゃった。米軍の特殊部隊、イエローハットみたいな」

「グリーンベレーだ。イエローハットとはまるで違う」

「そうそうグリーンベレー！　グリーンカレーって覚えればいいっすね」

「なんでだ」

「ガキの頃は入隊目指そうなんて、本気で考えましたからね。恐ろしいっつーか、笑えるっす」

「想像は自由だ」

自由でした、と山田は頷く。

「でも俺はヒーローどころか、詐欺グループの雑魚《ざこ》になってしまったわけで。汚い大人っす」

自分の話をするほどに山田の口調はどんどんくたびれていく。

「二十二歳だろ。三十八歳の俺にすればまだ若い」

だからやり直せる、などと励ましたいわけじゃないが、早々と人生に見切りをつけるのは、損だ。

「夢見るガキから見たらおっさんっすよ。けど、チャンスが巡ってきた」

山田の声が力を盛り返した。

「それが今日?」

「はい」

「ランボーになるのか?」

「助けます。昔助けられなかったから、今。この金で」

隣に住んでいたという同級生、タカフミ。つまり金を届ける「ある人」=同級生。

「相手は今、金に困ってるのか?」

「金があれば抜け出せるんです。暴力から」

星は眉をひそめる。タカフミはいまだに虐待されている、ということか。

車は蒔田駅付近の住宅街に入る。マンションが立ち並ぶ路地で車を止めた。

山田は金の入ったボストンバッグを星に渡した。時計を見る。三時二十五分だった。

「しばらくしたら俺は車を発進させます。合図をしたら窓からバッグを捨ててください」

「捨てる?」

「はい。ファスナーは半分開けて。それだけっす」

今日一番に奇妙な指示だった。

「ある人に届けるんだろ」

ある人というか、タカフミに。

「そっすよ。太陽を抱えている人っす」

後半は独り言のようにぶつぶつと続ける。太陽を抱えている人、と聞こえたが、意味がわからない。詳しい説明を求めようとしてふと気づく。車窓を眺めて言う。

「成島の免許証にあった住所がこの辺じゃなかったか？」

山田は「正解っす」と頷いてズボンのポケットに手を入れた。「あれ」と言ってポケットを漁る。

「あいつの免許証どっかに落としたっぽい。……まぁいいや。星さん、キティ・ジェノヴィーズ事件って知ってるっすか？　ニューヨークで昔起きた殺人事件」

今度はいったいなんの話だ。ランボーに続いて予想外の単語の登場だった。

「知らない」

「昔テレビで見て何か印象に残ってて。キティって女が殺された事件です。キティは住宅地の路上で男に襲われて何度も悲鳴を上げた。住人たちはその声を聞いたし、何人かは窓を開けて事件を目撃したのに、すぐに通報も救助もしなかったらしいんですよ。自分以外にもたくさん目撃者がいるから自分は行動しなくていいと思っちゃう。傍観者効果っていうらしいっす」

山田は饒舌《じょうぜつ》に語った。

そこかしこにありそうな話だ。思いがけず会社員時代の苦い記憶がよみがえり、星は静かに息を吸った。

「俺がタカフミを助けなかったのも、同じなんすよ。自分は弱いガキだからしょうがない。ランボーじゃない。強い大人が解決してくれるはずだって言い聞かせてた。そんな奇跡待つあいだにもタカフミの人生は過ぎてくのに」

山田が目を伏せた。暗く、痛みに耐えるような表情だった。

「そのタカフミに、今、償いのために金を渡すんだな。鬼道が貯めた金を」

「……そうっす、って言ったら星さんは笑うでしょ」

「笑わない。でも無駄な行動だと思う。過去にタカフミが虐待されていたのはおまえのせいじゃない。他人のためにそこまでする理由がない」

アハハ、と山田が笑う。

「理由……ありますって」

「どんな？」

「助けてって言われたから」

ボストンバッグを見やって星が言う。ハンドルに顎をのせた山田が笑みを浮かべる。満ち足りたような笑みだった。

その時だった。

ズン！　という後方からの凄《すさ》まじい衝撃で体が前方に吹き飛ばされた。

地震？　爆発？　何が起きたのか全くわからない。

衝撃はさらに続いた。頭をどこかに強打する。金属のひしゃげる音、ガラスの割れる音がする。

山田が悲鳴を上げてアクセルを踏み、ハンドルを切ろうとする。遅れて星も状況を理解した。

後部から追突されている。ワゴン車に。

「星さん、なんか道具出して！」

「俺は猫型ロボットじゃない」

ワゴンは回り込み、正面を塞いできた。フロントガラス越しに向き合う形になる。

ワゴンの運転席で、のっぺりした顔の男が瞬《まばた》きもせずにこちらを見下ろしている。

「岩清水だ」

今度は前方からぶつかって、ぐいぐいと押してくる。

尾行はされていなかった。なんで居場所がバレたんだ？　と星は混乱し、ハッと思いつく。紛失した成島の免許証。山田がトランクルームで落としたのだとしたら？　他に手がかりがない岩清水は免許証の住所を目指し、見事に自分たちを発見したのだ。

ガガガガ、と車が塀をこする。山田はバックしながらハンドルを鋭く切り、どうにかワゴンを振り切ろうとしたが、再び追突され頭部を窓に打ちつけた。

「山田」

山田は額から流血し、ぐったりした。

「山田、しっかりしろ」

唇が動く。

「……これ、守って……」

確かにそう聞こえた。

虚ろな様子でボストンバッグを星に押しやる。それきり口も目を閉じてしまった。

「山田！」

運び出す余裕はない。ワゴンは進路を塞いで止まり、運転席から岩清水が下りてきていた。

星はリュックを背負い、ボストンバッグを胸に抱えて外に飛び出す。

近づいてくる岩清水の手にはハンマーが握られていた。

周囲から悲鳴が上がった。騒ぎを聞きつけた住民が次々と窓を開き、通行人が足を止めている。

聞いたばかりのキティ・ジェノヴィーズ事件が頭をよぎる。星は手近な通行人に目を向けた。立ち尽くしている若い女性と目を合わせ、指さす。

「あなた、一一〇番に通報してください！　あなたが」

うろたえながらも女性が頷き、携帯を取り出すのを見届ける。

と、接近する殺気に気づいて振り返る。岩清水がハンマーを振り上げた。ダッキングで躱《かわ》す。

「逃げんなよ～！」

逃げるに決まっているだろう。さらに振り回されるハンマーをサイドステップの繰り返しでぎりぎり避ける。ハンマーがアスファルトを叩く。

「さっきは痛かったんだけど～。ペンで人をつつくなって学校で教わらなかった～？　あぁ？」

「ハンマーで人を殴るなとは教わった」

星は言い返してから、背を向けて走る。

が、すぐに塀で行き止まりなのがわかった。最終手段だ。リュックに手をつっこむ。

「それでやんのか？」

岩清水がせせら笑う。星が取り出したのが折り畳み傘だったからだ。

もちろんただの傘ではない。

傘の石突を岩清水に向け、スイッチを押す。

ボン、という炸裂音《さくれつ》とともに石突からロープが噴射される。ロープの先端についたゴム弾が岩清水の首に命中する。圧縮空気による勢いはバカにならない。岩清水は倒れこんだ。折り畳み傘型索発射銃《ライン・スローワー》。

本来は人に撃つ物じゃないのだが。

アスファルトに岩清水が転がっているうちにロープをたぐりよせる。再度銃に装填し、堀の上部にはみ出した木に向けてロープを放つ。うまく枝に引っかかった。ロープを伝って堀をよじ登る。一気呵成に登りきった瞬間、枝が折れた。

「あ」

堀の向こう側、眼下は草むらだった。

効果があるかわからないが、ボストンバッグがクッションになるよう胸に抱える。

午後三時五十八分。星はジャック&ベティの地下、自分の店にいた。

地面に落下した際に打ちつけた体が痛い。骨折はしていないが、ふだん通りの生活を送っていたら打撲すらしない。

堀を乗り越えて緊急離脱後、タクシーを拾って星は帰宅した。セキュリティに守られた部屋で、真っ先に取った行動はGPSの検索だ。

星自作のタクティカルペンには、所定の操作をするとナノGPS発信機を打ち込む機能が付いていた。トランクルームの乱闘で岩清水の肩に星はそれを打ち込んでいたのだ。スマホに連携させておけばワゴンの襲撃を回避できたのに、と悔《く》やむ。

パソコンのマップで確認すると、岩清水は神奈川南警察署にいた。あの場で逮捕されたとみて間違いない。まずは安堵《あんど》した。

なんて日だ。近年まれに見る最悪な日だった。山田はどうなったのだろう。自力で逃げた可能性は低い。病院に運ばれたか、死亡したか。

ともかく山田が考えていた計画は失敗した。つまりもう自分には関係ない。

という気持ちになれなかった。このまま強制終了というわけにはいかない。

でも、どうしろと?

いや、どうにかしたいのか、俺は。

星は自問して手で目を覆う。他人に興味はないはずだった。まして客でもない。招かれざる闖入《ちんにゅう》者のために行動する理由なんてないのに、星は迷っている。

床に置いたボストンバッグに目線を落とす。なぜ受け取ってしまったのか。バッグを押しやってきた山田の強い意志に負けたからだ。

タイマーのアラームが鳴った。三時五十九分。山田に付き合うと決めていた時間が終わった。約束はもう白紙だ。タイマーを切る。と、同時に今度は来訪者を告げるアラームが響いた。びくっとして監視カメラのモニターを見る。

「あぁ」

思わず声が出た。認証システムをクリアしている男女の姿が見える。ネメシスの探偵、風真尚希とアシスタントの美神アンナだ。四時に来る予定だったのだ。用件は骨伝導イヤホンのメンテナンス。

「やぁ星くん」

ドアを開いて風真が現れる。最近のトレードマークらしいトレンチコートの決めスタイルではなく、カジュアルなスウェット姿だ。後ろに続くアンナも「こんにちは」と頭を下げる。

「どうぞ」

金網を開く。

「あ、今日は合言葉ないんだ」

アンナが意外そうに言う。

「やっと俺も信頼されたのかな」

風真は喜びをにじませる。

「さっそくだけど、星くん。アンナからプレゼントが」

「どうぞ」

と、アンナが紙袋を差し出してくる。

「こないだのお礼です」

「お礼？」

袋を開いて星は目を瞠る。中にはおにぎりと、総菜と思しきタッパーがぎっしり詰まっている。

「駅弁じゃないな」

「よかったら食べてください」

アンナが力強く言う。

「星くん、駅弁もらえる時以外はほとんど栄養ゼリーで済ませてるでしょ。そのことアンナに話したら『絶対不健康ですよ。お世話になってるんだから心配しましょうよ！』と熱く訴えてきてさ」

風真が補足した。「アンナが人の食生活うんぬん言うのは釈然としないけど」とぼそぼそ続け、「なにか言いましたか」とアンナにジト目を向けられる。

星はじっと袋の中身を見て、鮭《さけ》と書かれたおにぎりを手に取る。駅弁やデリバリー以外の米の塊《かたまり》は久しぶりの感触だった。

「DR.ハオツーの料理を持っていこうとしたから全力で止めたよ」

「星さんにも味わってほしかったのに」

二人のやりとりに首を傾げる。

「あっ、こっちの話。とにかく、よかったら食べて」

人に道具を与えてばかりいるが、駅弁以外のものをもらったのはいつ以来だろうか。見返りはないのに、他人のために料理をする。チェーンソーを振り回される思いをしながら、他人のために大金を届けようとする。無駄なことだ。

星はラップを開いておにぎりをかじった。塩味が強かったが、疲れた体は塩分を欲していた。がぶがぶと貪るように食べてしまう。いつもの食事よりも高出力のエネルギーで、体力が充電される感覚だった。

他人の「無駄なこと」がもたらしたエネルギーに違いなかった。

「意外とかぶりつくね」

風真が目を丸くした。

「味、大丈夫ですか？」

アンナが訊ねてくる。

「おいしい」

無駄のない言葉で伝えた。

「やったー！」

喜ぶアンナに微笑んでから風真は時計を気にした。

「さて、本題のイヤホン……」

「ネメシスに依頼する」

ラップの米粒を指で集めながら言った。風真とアンナがきょとんとする。

「え？　俺たち骨伝導イヤホンのメンテナンスに来ただけなん……」

「謎を解いてほしい。元かけ子の山田という男が成島という店長を拉致し、大金を路上に捨てようとした謎」

星は早口でまくし立てて米粒を食べた。

「ちょ、ちょっと待って。山田？　成島？　拉致ってなに？　ついていけない」

銃を突き付けられた相手がするように風真は両手を上げる。

「順を追って説明してくれますか？」

アンナが冷静な声音で言う。

「まず依頼を受けるかどうか決めて。受けてもらえないなら、説明は時間の無駄」

「う、うーん」

「ただでとは言わない。報酬は払うし今日のメンテナンス料をタダにする」

「タダ？」

風真の声が裏返る。

「星くんが？　こわいこわいこわい！」

「私、おにぎりに変なもの入れちゃった？」

アンナが紙袋に視線を落とす。

「受けてくれる？」

星は風真を促す。

「でも、依頼を受けるかどうかは社長の判断が必要で」

「探偵ならそのへん臨機応変に」

「星くんに言われると釈然としない。……でもまぁ日ごろ世話になってるしなぁ」

風真は頭を掻いた。

付き合ってわかったが、この探偵は人がいい。他の客の大半は星を便利かつやや面倒な道具屋としか見ていないが、風真は一人の友達として接しているらしい。

最近になって突如「名探偵」として推理力を開花させているが、星は未だに信じられない。「お人よしのお調子者」の方が彼には似合う。口にはしないが。

ややあって探偵は「よし」と拳を作る。

「わかった。受けるよ」

「社長には黙っておきましょうか」

アンナがけろっと言う。

「それな！　いったいどういう話なのか詳しく教えて」

二人を椅子に座らせて、星は今日の二時二十二分から起きたことを語った。思い出せる限り会話も正確に。

風真とアンナは「ええ？」「まじか！」「うっそ⁉」などと適材適所なリアクションを打ち、メモを取りながら耳を傾けた。

「――で、山田がどうなったのかは不明。ここには約三千万の入ったボストンバッグが残ってる。風真さんには、山田がなにをしようとしていたのか解明してほしい。この金を俺はどうすべきなのか判断したいから。以上」

聞き終えた風真とアンナは揃《そろ》って考え込む。

「うーん。けっこう過激な話だった。大変だったね」

風真が言う。

「こんな話信じられないか」

「信じるよ。友達の話は」

風真は笑った。その笑みは不思議だった。友達、と軽く口にできるのも不思議だ。

「山田の所在については県警のコンビに問い合わせてみるか」

「いいですね。頼んでみましょう」

一度風真が電話をしに外に出ていく。

「でも山田さんの行動は謎ですね」

アンナが言う。

「そうだな。他人のために三千万をどうこうしようなんて」

「え、そこですか」

星の言葉にアンナは驚いた顔をする。

「日本って、寄付やチャリティの文化が浸透してないですよね。偽善とか売名とか言われて」

「言いたいことはわかるが、山田の行動は寄付でもチャリティでもない」

「それもそうですね」

アンナが苦笑したところで風真が戻ってくる。

「同級生のタカフミに届けると言ってたボストンバッグをなぜ路上に捨てようとしたか、だよな」

風真は考える探偵ポーズを取り、ペンを振る。

「路上で受け渡す手筈《てはず》だったってことかな」

「手渡しした方が楽では？」

星は言ってみた。

「それについては仮説立てられますけどね」

アンナが言った。

「え？」という星と風真の声が重なる。

「え？　あ、風真さんならきっと仮説、立ててますよね？　ね？」

妙に強い圧でアンナに見られた風真が胸を張る。

「……もちろん！　仮説の一つや二つ、三つ」

「どんな？」

星は訊ねた。

「ん、うん。えっと、身代金《みのしろきん》の受け渡しとかだったら、そういうやり方を取るんじゃないかな」

「身代金？」

アンナがずっこけるポーズをしたように見えた。

「いや、今回はそのケースじゃない。うん。仮説の一つだから。二つ目もあるから」

肘《ひじ》を脚に乗せロダンの考える人のポーズで風真は固まる。

「大丈夫？」

「あー、あれですよね風真さん。ポイントは二つ。この三千万円はきれいなお金じゃないっていうことと、道で落とし物を届けるとどうなるか、っていうこと！」

アンナが言った。

風真がアンナを見、二人は視線を合わせた。まるでテレパシーで会話でもしているのかという目線の交差が数秒続く。

「落とし物……そうだ。そう！」

風真が星に向き直る。

「山田が路上にボストンバッグを放置しようとした理由。ずばり、そうしないと渡したい相手に渡せなかったから、じゃないかな」

「どういうこと？」

「山田は昔の同級生に金を渡そうとしていた。けど一方的だった。山田にしてみれば、自分が犯罪に加担したことも、金の出どころも、同級生に悟られたくなかった」

「素性を語らず三千万を渡したい。でも赤の他人から匿名で三千万届けられても、ふつう受け取らないですよね、怪しすぎるから」

アンナが言うので星は頷く。

「うん。気味が悪い」

「でも上手く渡す方法が一つある。ボストンバッグを遺失物にするんだ。いわゆる落とし物に」

風真がバッグを指して言った。

「落とし物は拾われた時点で拾得物になり、拾った者は拾得者になる。もし自分の目の前で、走る車からボストンバッグが落とされたら？　しかも中に大量の札束が覗いていたら？　たいていの人は警察に届けるよね？」

星は頷く。

「警察に届けられた拾得物は、持ち主が三ヵ月経っても現れない場合拾得者のものになる。よって三千万は合法的に、自然に、拾得者のものになる」

――しばらくしたら俺は車を発進させます。合図をしたら窓からバッグを捨ててください。

――ファスナーは半分開いて。それだけっす。

なるほど、中身が全く見えないボストンバッグなら不気味で近寄らないかもしれないが、札束が覗いていれば、無視する確率は減る。

「つまり山田はあの時間あの場所を、タカフミが通ると知っていた」

「ということになる」

岩清水の襲撃のごたごたがなければ、偶然を装ってタカフミに三千万を渡していたのだろう。

「すっきりする仮説だ、我ながら」

風真は得意げだ。

「うーん。でもどっちかっていうと」

アンナが目を細めて思案顔でいる。

「山田さんが成島さんを襲った理由の方が不可解じゃないですか」

「ん？」

星は訊き咎《とが》める。

「だって、お金はトランクルームから盗めば済む話だったんですよね？　そして山田さんはすでにトランクルームの場所も知っていた」

「確かに鬼道グループの店長だったからって、今日成島を捕まえる意味がないよ」

風真も言い、星は考え込んだ。二人の言う通りだった。成島がトランクルームの鍵を持ち歩いている、なら別だが、鍵はピッキングでこじ開けた。山田が成島の持ち物を物色する様子もなかった。ではなんのために襲い、拉致を企てたのか。

「というか成島はなんでこの店の近くに来たんだろう」

「それも気になりますよね。映画館の秘密の通路なんて迷い込まないですってふつう」

「俺に、用事があった？」

探偵コンビのやり取りを訊き、思いついたままに言った。アンナが目を輝かせた。

「それかも！　道具屋を探してうろうろしてたんだ」

「もしそうなら、俺の方から成島にコンタクトを取って疑問を聞き出す手もある。その方が効率的」

成島の財布は星が所持している。免許証はなくなったが、マンション名は覚えている。

ルポメゾン蒔田をネット検索すると1LDKのマンションがヒットした。

「ここだ」

「部屋番号も覚えてます？」

アンナに訊かれ、星は記憶を辿《たど》る。が、一階だったことしか覚えていない。そうだ。財布を調べれば他にも手がかりがあるかもしれない。製図台の裏に置きっぱなしにしていた財布を取り、物色する。風真が「あー」と悪戯《いたずら》を目撃した子どもみたいな声を出す。

「よい子は人の財布を漁っちゃダメだぞ」

「だれに言ってるんですか？」

「アンナに言ってるんだよ」

二人のやりとりを聞き流し、星はカード類をチェックする。クレジットカードにポイントカードがいくつかあったがいずれも住所は書かれていない。

カードをめくっているとはらりと紙きれが落ちた。

しわのついたポラロイド写真だ。今時珍しい。写っているのは成島と若い女性だ。遊園地のメリーゴーラウンドの前で肩を組み、笑うツーショット。成島には年下の恋人がいるようだ。ふと、星は強い既視感に襲われた。正体が摑めないまま写真を財布に戻す。

「星くん。やっぱり成島と会うのは危険じゃないかな。相手は鬼道の手下だよ」

風真が心配そうに言った。

「私たちがついていけばいいじゃないですか」

「成島が岩清水みたいにチェーンソー振り回す奴だったらどうするんだ」

その時、星は頭を内側から叩かれたような感覚に陥《おちい》った。今日、山田と出会い、交《か》わした会話が駆け巡り、無駄がそぎ落とされたように一つの事実が浮かび上がった。

「言ってない」

星はつぶやく。

「なに？　星くん」

風真が耳を向けてくる。アンナは目を細めて首を傾げる。星は息を吐いた。

「勘違いしていた」

風真に神奈川県警の千曲鷹弘から連絡が来たのは、星が自分の勘違いに気づいた直後だった。

山田は横浜市内の病院に運び込まれて治療を受けていたらしい。額に傷を負ったが命に別状はなく、夜のうちに退院となった。

十九時十分。星は病院の外にいた。

建物から出てきた山田が、星に気づいて一瞬表情をこわばらせて、笑った。

「星さん、無事だったんだ。よかった」

「今日死ぬ予定はないって言っただろ」

星は応えて、駐車場に促す。

駐車しておいた車に星は乗り込んだ。

星が助手席に乗ったのを訝しそうに見ながらも、山田は運転席に乗車してくる。ドアを閉めると無音の空気が二人を包んだ。

「明日改めて警察に事情聴取されるっす」

「なら、今夜だな。逃げるのは」

「星さん?」

「前置きなしで話す」

「へ?」

「俺は勘違いをしていた。成島のことだ。かけ子をしていたというおまえが、成島のことを『店長』と言った。だから勝手に成島を詐欺グループの店長だと思い込んでしまった。思えば、おまえは一度も成島が詐欺グループのメンバーだとは言っていない」

山田がわざと隠したのは間違いないが、自分が無駄話を嫌ったことの弊害だ。星は成島の素性について掘り下げる質問をしなかったのだ。

山田は無言で俯く。

「知り合いの探偵に依頼して、成島について取り急ぎ調べてもらった」

成島の財布には成島の社員証が入っていた。市内のスーパーで「店長」をしている男だとすぐ判明した。詐欺グループとの接点はなさそうな堅気の人物だった。

「成島は鬼道グループと無関係。なら成島を拉致しようとしていたのはなぜか。皆目わからない。そう考えて気づいた。逆じゃないかと」

「逆、っすか」

抑揚《よくよう》のない声で山田がつぶやく。

「ああ。おまえが成島を襲ったんではなく、おまえが成島に襲われていたんだ。俺が通りかかったのは返り討ちにした場面」

沈黙が数秒流れる。山田が苦いものを口の内側で転がすような顔をして、やがて諦めたようなため息を落とす。

「……あれは、勝手にあいつがこけて自分にスタンガンを当てたんです」

認めた山田に星は言う。

「おまえが俺を訪ねてきたんだな？」

「はい。道具屋がいるって都市伝説をネットで見て。ほしかったのはピッキング工具と偽造ナンバープレート、もっといえば足のつかない車でした。まさか成島に尾行されてるとは予想外すぎたっす」

「あの覆面は？」

　恥ずかしそうに山田は噴き出した。

「道具屋がどんな奴かわかんないから、とりま顔は隠して近づくべきかなって、用意してました。清掃カートも俺が持ち込んだっす。でも成島のおかげで俺は星さんの店に入れて、ナチュラルに巻き込むことができた。だってふつうだったら一見さんお断り、なんでしょ。成り行きで星さんっていう贅沢《ぜいたく》なオプションがついたんで、偽造ナンバープレートはいらないかなって」

　星はため息をついた。山田にしてやられたわけだ。やはり自分に人間観察は向いていない。話を戻す。

「そうなると成島が山田を襲った動機が問題になる。成島は別におまえを拉致しようとしたんじゃなく、スタンガンで痛めつけたかっただけだった。たとえば『これ以上俺の家族にちょっかい出すな』という警告」

「ちょっかいって?」

「家族への援助。つまり、成島はかつておまえが助けられなかった同級生の父親ということになる」

虐待をしていた、隣の家の男。

「推理力もすごいっすね」

「思いついたのは俺じゃない。探偵だ」

襲われていたのは山田の方かもしれない、という話を星がすると、アンナが言ったのだ。

——もしかして同級生の話と、成島がつながってるってことありません? 風真さん。

——そうだ。成島の免許証の住所と、山田がボストンバッグを捨てようとした場所が近かったのは偶然じゃないはず。ということは……。

「虐待する父親が経済的支柱の家庭なら逃げようにも逃げられない。だから暴力から抜け出す資金としての三千万だ。おまえは過去に助けられなかった償いを今、同級生にしようと考えた。だとすると成島の息子こそがおまえの同級生タカフミ」

星は早口で言ってから、一息ついた。

「——というのが探偵の推理。微妙に違う、と俺は思った」

隣で山田がハッと顔を上げる。

「おまえが嘘をついていない前提だが、『生まれも育ちも大田区』なんだろ。成島の家は蒔田。隣に住んでいたという話と矛盾する。成島家が引っ越したという可能性もあるが、大前提として、成島には息子がいない。娘もいない」

検索したルポメゾンは1LDKだった。一般的にファミリー向けマンションの間取りではない。もちろん1LDKに住む家族もたくさんいるが、マンション自体が単身者専用とするところもある。管理会社に問い合わせたところ、ルポメゾンはまさにそのパターンのマンションで「子ども居住不可」というルールだった。

その後、風真の調べで裏が取れた。成島は子どもがいない。妻と二人暮らしだった。

山田が舌を出す。

「そこまで調べたんすか」

「話をまとめると」

「まとめるっすか」

「おまえは成島に虐待されている家族に三千万を渡そうとした。それはかつて救えなかった同級生タカフミではない、赤の他人。成島の妻だ」

星はポラロイド写真を山田に差し出した。成島の財布から拝借した一枚だ。成島と一緒に写っている若い女性。彼女こそ山田が金を届けたかった相手なのではないか。

「成島明日実《あすみ》。もとは成島の店のバイトだったらしい」

「明日実さんっていうんだ」

「名前も知らなかった？」

「はい」

外から救急車のサイレンが聞こえる。止《や》んだのを合図にしたように山田が口を開いた。

「かけ子をしてて、間違い電話をしたって言ったでしょ」

あの話、本当だったのか。

「間違えてかけたのが、成島の奥さんで」

「ああ」

「でも俺以上に、奥さんも間違えて出たって感じで。あれは、傍から見たらめちゃくちゃ笑える会話だっただろうなぁ。俺は息子のふりして『母さん？　俺』って電話するじゃないっすか。で、助けてって嘘をつこうとしたら、相手の方が言ってきたんですよ『助けて』って。新手のドッキリか警察の罠《わな》か、もしくはホラーかって頭の中真っ白になったっすよ」

助けて。

成島の妻の声は力なく、虚ろに繰り返したという。

お願い、だれでもいいから、助けてよ。

「俺もさすがにかけ間違いだって気づいて、でも電話を切れなかったんです。怪しい詐欺の電話に助けを訴えるって、よっぽどでしょ」

「それでどうした」

「『大丈夫ですか？　なにがあったんすか？』って俺は訊きました。相手は無言で、すすり泣いて、『太陽が殺される』って」

「太陽が殺される」

──太陽を抱えている人っす。

車でつぶやいた山田の声がよみがえる。

「意味わかんないんで、『どこにいますか』って俺は訊いたんです。『助けにいくんで場所を教えてください』って」

「すげぇな」

「すげぇっすか」

「むしろ、やべぇ」

にこりともせずに言う星に、山田が「真似された」と言って笑う。

「明日実は住所を言ったのか？」

　山田は頷いた。

「予想なんですけど、殴られたかなにかして、頭がぼーっとしてる状態だったんじゃないっすかね。夢うつつで、かかってきた電話に答えちゃった、みたいな」

「おまえは明日実を助けにルポメゾンに？」

「勢いで部屋を訪ねました。近所の住人のふりして。成島に門前払いされました。でも部屋の奥が散らかってて、食器とか割れてたのが見えました。DVだって確信するには十分」

　次に山田はまずは探偵のふりをして近所で聞き込みをしたという。

「かけ子に比べれば探偵のふりなんて屁《へ》でもなくて。そしたら一〇七号室から悲鳴や怒鳴り声なんかがよく聞こえるって知りました。成島の職場も、奥さんのバイト先も……奥さんがバッグにマタニティマークつけてることも」

「太陽は、お腹の子どもの名前か」

「他に考えられないっすよね。ねぇ、信じられます？　妊娠してる奥さんを、詐欺電話にすがるほど追いつめる男がいるって」

「助けなきゃと思った？」

「知っちゃったから。見過ごしたらキティ・ジェノヴィーズ事件と一緒っすよ」

「警察に通報は？」

山田が大きく苦笑する。

「俺が通報して警察が動くわけないじゃないっすか」

なるほど「詐欺電話を間違えてかけた結果、DVを知り通報しました」という話を信じさせるのは、至難の業かもしれない。

「匿名で通報するとか、いろいろ考えたっすけど、でもどうしたって暴力から解放されるには本人の意思で逃げるしかないって。……タカフミはできなかった。タカフミがどうなったのか、ちゃんと助かったのか、大人になってから調べたけどわからなかった。俺が戦わなかったから。今度は力にならなきゃって。だって運命じゃないっすか。落ちるとこまで落ちて詐欺グループに入った俺が、こんな俺が聞いちゃったんですよ。SOSを」

山田の声が熱を帯びた。

「俺は直接奥さんに会いました」

前に電話で話しましたよね、と話しかけた山田に、明日実は怯《おび》えた。無理もない。懸命に「夫から逃げる力になる」と伝えたが、到底信じてもらえず逃げられたという。

諦めずに山田は、今度は成島に当たった。奥さんへの暴力を通報されたくなければ別れろ、と脅した。成島にも不審人物扱いされ、要求は受け入れられなかった。

おそらくその結果、付《つ》け狙《ねら》われたのだろう。

「お節介《せっかい》この上ない」

「星さんに言わせたら無駄な行動」

「無駄というか無謀だ」

二人を動かせないと悟った山田は、明日実に「資金」を届ける作戦に移行した。

「本当に、見知らぬ相手への同情心でここまでのことを？」

「いけないっすか？」

あまりに一方的な善意だ。いや、過去の穴埋めという動機、振り込め詐欺グループの金を使うという手法を鑑《かんが》みれば、善意と呼べるのかすら怪しい。それでも山田はやろうとしたのだ。

「大金が手に入れば心が変わるじゃないっすか。きっかけがあれば、夫から離れる決意ができるかも」

「明日実さんが金を望んでいるかどうかはわからない」

「そんなことは百も承知っす」

迷いのない声だった。

「俺のやり方が間違ってることもわかってます。でもだれかがやらなきゃ変わらないじゃないっすか」

星は静かにフロントガラスから夜空を見上げた。

自分が会社をやめた日のことを星は思い出す。好きなものが作れない日々の中、たまたまある上司のパワハラ行為を知った。星自身は被害者ではなかったが、盗聴器を作り、証拠を摑んで人事部に告発した。

責められたのは星だった。その上司は仕事ができ、人格者として社内で評価が高かったからだ。

――盗聴器の出来をアピールしたかったのか、あいつ。

――正義感ふりかざしてんじゃねぇよ根暗が。

――自己満足ですよね？

自分に浴びせられた言葉一つ一つを、未だに覚えている。

星は山田を見た。

「今日、俺がおまえの手伝いを承諾したのは、おまえがこう言ったからだ。『俺がやらなきゃいけないこと』。白状する。俺はおまえが失敗するだろうと思った。『やらなきゃいけないことなんてない』と最後に言ってやりたくて付き合った。この世にはやらなきゃいけないことなんてない。やってはいけないことがあるだけで」

「星さん……？」

人間という生き物は面倒で、その生き物の中には自分も含まれている。

「別にその考えは変わっていないが、おまえはやりたいようにやって正解だった。俺が、なりたいものになったように」

星はもう一度成島と明日実が写った写真を掲げる。

「今日、俺は彼女に会った」

「え？」

「岩清水に襲われた時。おまえが気絶した直後だ」

通行人の一人を適当に選び、一一〇番通報するように頼んだ。あの女性が明日実だった。写真を見た時の既視感の正体だ。

驚いた顔の山田を見つめて言う。

「彼女が騒ぎを通報したおかげで岩清水は逮捕された。もう一つの副産物は、駆けつけた警察官が、通報者である彼女の腕のあざに気づいて『どうしたんですか』と質問したこと」

山田の言う通り、明日実はきっかけを無意識に欲していたのかもしれない。

なにかをかぎ取った警察官に、すべてを打ち明けた。「家で夫に暴力を受けている。このままではお腹の子も殺されるかもしれない」と。

「知り合いの探偵の、そのまた知り合いの刑事からの情報だ」

「それじゃあ……」

「成島悟は事情聴取される。逮捕される可能性が高い。明日実さんとも引き離されるだろう」

呆気にとられて涙ぐんでいる山田に、星はキーを差し出した。

「この車のキー」

「え？」

「使わなかった三千万は後ろ」

後部座席を指す。山田が驚いて振り返り、足元を見下ろす。ボストンバッグはそこにあった。

「この車は足がつかない。偽造免許証も作った」

ダッシュボードを開く。ルービックキューブを取り出す。

「さっきのと同じフラッシュライト。ライトは目くらましにも使えるし、防犯カメラを照らせば顔が映らないで済む。もちろん暗闇も照らす。こっちは腕時計型のテイザーガン、人感センサーアラーム」

　星は自作の道具を次々と見せていく。山田は戸惑った様子だった。

「なんで？　これは……」

「逮捕された岩清水がおまえのことを警察にチクってもおかしくない。岩清水と同じことを考えてるやつもお前を追うかも。逃げるのに使え。俺は道具屋だからな」

　山田は車の中を見渡して、ボストンバッグを見下ろす。

「報酬は？」

　ポケットを開き、二十二万円を見せる。

「絶対足りないっすよね」

「それは俺が決める。道具を泣かせないと判断した人間にしか俺は売らないし」

　星はそこで言葉を一度止めたが、言いよどむことが無駄に思えたので続けた。

「おまえに死んでほしくないからな。逃げろ」

　息を呑んだ山田は星を見つめ、やがて顔を歪ませて、ハンドルに顔をうずめる。

「星さんの道具があれば百人力ってやつっすね」

「ああ」

「俺、こんなに運がよくていいんすか」

山田は言って笑った。

星は「もう一つ」と、思い出して声をかける。

リュックからおにぎりを出し、山田に握らせた。

「知り合いがくれた。うまい」

山田は不思議そうにおにぎりを眺めて、頷いた。

「やっぱお礼したいっす」

「いつか駅弁持ってこい」

「なぜ駅弁？」

「どこかに行けた気分になれるから」

動かなくても遠くの土地の味を味わえる。効率的だ。

山田が笑う。

「気分じゃなくてどっか食いに行きましょうよ。いつか」

一緒に、と続けられる前に星は車を降りた。

背後で車のエンジンがかかり、遠ざかっていく。

星は山下公園方面にぶらぶらと歩いた。

海の見えるベンチに座る。忙しい日だった。夜風に吹かれてスマートフォンのマップを開く。星印が移動している。山田にやったボストンバッグにはＧＰＳを仕掛けていた。ほどなく星印が警察署に入っていった。そうか、ランボーは逃げないもんな、と納得してスマートフォンを切る。

予定外のことが起きた一日が終わる。明日からはスケジュール通りの日常だ。星は息を吐いた。横浜の街はいつも通り、星空よりきらきらと輝いている。

（ネメシスⅢに続く）

本書は、連続テレビドラマ『ネメシス』（脚本　片岡翔　入江悠）
第二話の脚本協力として、著者が書き下ろした小説と、
そのキャラクターをもとにしたスピンオフ小説です。

講談社タイガ

〈著者紹介〉

藤石波矢（ふじいし・なみや）

1988年栃木県生まれ。『初恋は坂道の先へ』で第1回ダ・ヴィンチ「本の物語」大賞を受賞し、デビュー。代表作となった「今からあなたを脅迫します」シリーズは、2017年に連続TVドラマ化された。

ネメシスII

2021年3月12日　第1刷発行　　定価はカバーに表示してあります
2021年4月7日　第2刷発行

著者……………………藤石波矢《ふじいしなみや》

発行者……………………鈴木章一
発行所……………………株式会社 講談社
〒112-8001 東京都文京区音羽2-12-21
編集03-5395-3510
販売03-5395-5817
業務03-5395-3615

本文データ制作…………講談社デジタル製作
印刷……………………豊国印刷株式会社
製本……………………株式会社国宝社
カバー印刷………………株式会社新藤慶昌堂
装丁フォーマット………ムシカゴグラフィクス
本文フォーマット………next door design

ISBN978-4-06-522826-5　N.D.C.913　214p　15cm

講談社
タイガ

脅迫屋シリーズ

藤石波矢

今からあなたを脅迫します

透明な殺人者

イラスト
スカイエマ

「三分間だけ、付き合って？」。目の前に置かれたのは、砂時計。怪しいナンパ師・スナオと私は、公園の植え込みから生えた自転車の謎を追ううちに、闇金業者と対決することに。ところが、悪党は不可解な事故死を遂げ、その現場で目撃された謎の男は――って、これ、脅迫屋の千川《せんかわ》さんだ！　殺しはしないはずの悪人・脅迫屋の凶行を止めようとする私の前で、彼はさらなる殺人を⁉

講談社タイガ

井上真偽

探偵が早すぎる（上）

イラスト
uki

父の死により莫大《ばくだい》な遺産を相続した女子高生の一華《いちか》。その遺産を狙《ねら》い、一族は彼女を事故に見せかけ殺害しようと試みる。一華が唯一信頼する使用人の橋田《はしだ》は、命を救うためにある人物を雇った。それは事件が起こる前にトリックを看破、犯人(未遂)を特定してしまう究極の探偵！　完全犯罪かと思われた計画はなぜ露見した⁉

史上最速で事件を解決、探偵が「人を殺させない」ミステリ誕生！

講談社タイガ

井上真偽

探偵が早すぎる（下）

イラスト
uki

「俺はまだ、トリックを仕掛けてすらいないんだぞ!?」完全犯罪を企み、実行する前に、探偵に見抜かれてしまった犯人の悲鳴が響く。父から莫大《ばくだい》な遺産を相続した女子高生の一華《いちか》。四十九日の法要で、彼女を暗殺するチャンスは、寺での読経時、墓での納骨時、ホテルでの会食時の三回！　犯人たちは、今度こそ彼女を亡き者にできるのか!?　百花繚乱《ひゃっかりょうらん》の完全犯罪トリックvs.事件を起こさせない探偵！

講談社
タイガ

閻魔堂沙羅の推理奇譚シリーズ

木元哉多

閻魔堂沙羅の推理奇譚

イラスト
望月けい

俺を殺した犯人は誰だ？　現世に未練を残した人間の前に現われる閻魔《えんま》大王の娘——沙羅《さら》。赤いマントをまとった美少女は、生き返りたいという人間の願いに応じて、あるゲームを持ちかける。自分の命を奪った殺人犯を推理することができれば蘇り、わからなければ地獄行き。犯人特定の鍵は、死ぬ寸前の僅かな記憶と己の頭脳のみ。生と死を賭けた霊界の推理ゲームが幕を開ける——。

講談社
タイガ

相沢沙呼

小説の神様

イラスト
丹地陽子

僕は小説の主人公になり得ない人間だ。学生で作家デビューしたものの、発表した作品は酷評され売り上げも振るわない……。物語を紡ぐ意味を見失った僕の前に現れた、同い年の人気作家・小余綾《こゆるぎ》詩凪《しいな》。二人で小説を合作するうち、僕は彼女の秘密に気がつく。彼女の言う〝小説の神様〟とは？　そして合作の行方は？　書くことでしか進めない、不器用な僕たちの先の見えない青春！

講談社
タイガ

藤石波矢

神様のスイッチ

イラスト
Tamaki

同棲《とうせい》相手との未来に迷うフリーター、街を警らする女性警察官、恋に悩む大学生小説家に、駆け出しやくざや、八方美人の会社員。父娘の隔絶から麻薬強奪事件まで、この街は事件で満ちている！すれ違う彼らが起こす些細《ささい》な波紋と、生じる驚きのドミノ倒し。神様が押すのは偶然という名の奇跡のスイッチ。気がつかないだけで、誰もが物語の主人公だ。大都市を疾駆する一夜限りの物語！